# 守望的幸福

——刘萍散文诗歌选

刘萍 著

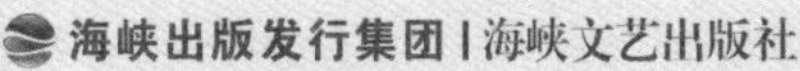

**图书在版编目(CIP)数据**

守望的幸福:刘萍散文诗歌选/刘萍著. —福州:海峡文艺出版社,2013.5
ISBN 978-7-5550-0014-3

Ⅰ.①守… Ⅱ.①刘… Ⅲ.①诗集—中国—当代②散文集—中国—当代 Ⅳ.①I217.2

中国版本图书馆 CIP 数据核字(2013)第 089275 号

**守望的幸福**

——刘萍散文诗歌选

| | |
|---|---|
| **作　　者** | 刘　萍 |
| **责任编辑** | 李永远 |
| **出版发行** | 海峡出版发行集团<br>海峡文艺出版社 |
| **经　　销** | 福建新华发行(集团)有限责任公司 |
| **社　　址** | 福州市东水路 76 号 14 层　　**邮编** 350001 |
| **发 行 部** | 0591—87536797 |
| **印　　刷** | 福州凯达印务有限公司　　**邮编** 350028 |
| **地　　址** | 福州市金山橘园洲工业区台江园 6 号楼 |
| **开　　本** | 890 毫米×1240 毫米　1/32 |
| **字　　数** | 110 千字 |
| **印　　张** | 5 |
| **版　　次** | 2013 年 5 月第 1 版 |
| **印　　次** | 2013 年 5 月第 1 次印刷 |

ISBN 978-7-5550-0014-3

**定　　价** 26.00 元

# 序一　纯净的守望与珍藏

这是一部心灵与生活的自白，一份知识女性的情感收藏，一个爱着过去、爱着今天、爱着这个世界的年轻母亲的美好抒写。

有一天，厦门大学管理学院的詹虹教授打来电话，说他们学院的一个博士爱好文学，写了一部散文与诗歌集子要出版，想让我写篇序，不知我是否愿意。对于厦大学生文学上的要求，我总是担心自己的推托会伤了一颗对生活有着美感追寻的心，特别在这个文学作品只能是在报刊娱乐版上发表的时代，所以总会尽己所能地去做点什么，尤其是对于那些非中文专业的同学更是有求必应。好几年前，也是在我们经济学老师的推荐下，一个叫李弘的经济学硕士找上了我的家门。年轻人在经济主战场上征战了一番之后却爱上了文学创作，攻读硕士研究生期间除了完成专业学习外，更乐于“不务正业”地创作小说。我阅读了他那充满奇妙想象和有着人间烟火味的别致叙事，为他的小说写了评论，还和厦门文学界的朋友为他开了场研讨会。李弘毕业后到了广州，后来竟被广州文学院聘为专业作家。这次我照样答应了詹教授，这样就与刘萍认识了。如今人们常说“女硕士是李莫愁，女博士是灭绝师太”，但刘萍却温文尔雅，倒更像是小龙女。那时，我并没有想到这位年轻美丽的女博士已经是个妈妈了，在她的十多岁的女儿的文字中，刘萍是一个“温柔娴雅的妈妈”，“长着一头乌黑的头发”，“鼻子高高的”，“嘴巴像成熟的樱桃”，“白皙的脸上总是挂着‘冬日的暖阳’”。

“守望的幸福”守望的是简单而透露着智慧的生活，是那渐行渐远的追忆与思念，是中学、大学、研究生的青春时光和情愫，是老家的那栋老房子，是自己生活的城市的三角梅，以及家庭、学校、社会给予普通人的温度。在那蔚蓝色的生命底色中，有着刘萍粉红色般的想象与梦幻，还有那飘飘欲飞的属于纯净女子的蒲公英般的童真理想。刘萍说：“有些日子，被赋予了意义后，闪闪发光，如同嵌在岁月里的珍珠，串起来，就是人生的珍宝。”如此这般，守望便也就成了珍藏。

刘萍爱回忆，爱思念，她用“一颗率性而纤细的心”，“缅怀那曾经的花样年华和同行的朋友”，从中学到大学到研究生，她用她那素朴细腻的文字追忆着自己寻找幸福、体会幸福的心路，思念那心路上与自己相伴过、邂逅过的人和事。她以一首长诗邀请中学的同学相聚，她追忆一曲从 1992 年一直跳到了 1993 年的长长的舞曲，对于那位“识别度很高”的伊拉克同学，对于那几位金门的朋友，对于那位邂逅的轻轻说话的男生舞伴，她都有着女性很敏锐的感动。因为“时间很残酷，将我们的记忆一点点剥去，使我们渐渐遗忘曾经很重要的事情”。所以读外语读管理学专业的她，用文字将这一切写了出来，为了守望，为了珍藏，也是为了让幸福与他人分享。

在这欲望化的现实世界里，刘萍对生活只有简单的想法，她说：“简单是一种人生态度，更是一种生活智慧……”她大学毕业后曾到过深圳，在一家韩国企业当韩国老板的英文助理，曾经尝过白手起家的世态炎凉，也体验过宝马代步、一掷千金的奢华享受，但在她眼里，“深圳是个很奇特的城市……

节奏很快，人们行走匆匆”，她并不喜欢那种来去匆匆的生活状态，她需要一种有着回归自我的沉静，于是她便来到温馨的厦门，选择一种再次回到校园学习的生活。在别人逛街、看韩剧、做美容、享受生活的时候，她却埋在厚厚的书堆中享受，在充实的学习与艰难的论文写作中，“做好自己的事，经营好每一天的幸福”，她懂得将沉静当做一种幸福，懂得了平淡的日子有真正的人生体味。

她尊重“任何能使人们变得更加美好的信仰”，在书中她写道：“在浮躁的社会中，人们确实需要经常清扫自己的心灵，不要让它因蒙受灰尘而黯淡无光。”对于当下人们常说的“世风日下，人情淡薄”，她说“其实不必如此悲观，也许社会上确实有一些乱象，如尘土般遮住了我们的眼睛，但是仍要相信，每个人心中都有美好信念和真诚善意……做一个温暖的人吧，常怀感恩之心，主动地关心和真诚呵护他人，慷慨地用你的温度奉献出更多的温情”。

做一个温暖的人，让平淡的日子里处处蕴涵着爱与被爱的感动，这是一个很女性化的生活向往，却也是刘萍所追寻与实践着的生活状态、情感状态与精神状态。在这样的状态下，她笔下的人都是热情、温润的好人，她笔下的生活都是简单、纯洁的好日子，她的关于家的感觉，是“除了一盏灯在守候之外”，“还有家人灿烂的笑容，一桌冒着热气香喷喷的饭菜”；她的爱情不会脱离感情本身，对物质问题的纠结在她看来是舍本逐末的行为，而那“恋爱中的女生捧着一大束玫瑰，穿行在城市中，本身就是种美好的风景”；她还会用“手心的温度”，去创造一个母亲对孩子“结结实实的爱”。生活在她的笔下，在她的世界里，竟是如此的纯净，如此的自然美丽，“缘来时请珍惜，让她久久长长，缘尽时道一声珍重，从此各自精彩”。我想，倘若这世上的每个人都像她那般想象那般生活，这世界的和谐便不用再向谁祈求了。

文学是心灵蕴藏的表达，是“我手写我心”的叙事，能写出那么一些简单而美好生活的女性，一定是幸福的，而且她懂得了守望，懂得了珍藏，懂得了这世界所需要的温度，懂得了让这样的想象与叙事与追寻幸福的人们共同分享。于是，我便作了这篇简短的序，为的也是让那焦虑躁动中的人们，领悟一点幸福的简单与智慧。

朱水涌

2013 年 2 月于厦大海滨

（朱水涌，厦门大学人文学院教授、博士生导师）

# 序二　曾经女生，犹是女生

二十多年前，我们一群高中男生倚在学校楼道的墙上，偶然看见刘萍走过——戴着眼镜，白白净净，腰杆笔直，一定会相互间心照不宣地使个眼色，有人会说："这个就是刘萍。"

从高一到高三，全年级成绩排名，从拔尖处望，一定有刘萍的大名；从中间靠后看，保证可以找到与我有关的三字。我有一个体会：一个总是排前几名的优秀学生，可以把她名字中的汉字变成许多同学心中有气场的符号。所以多年以来，对于"萍"这个字，我一直觉得分量充足。

那时刘萍在五班，全校闻名；我在六班，本班认识。我必须熟悉她，她可能认识我。某一天，我们突然相逢在"杀气腾腾"的一个场合，没算错的话，那天起她对我会有一些印象。那是五班和六班的辩论赛，由我们共同喜欢的良才老师（五班班主任）发起。这也是我平生第一次知道并参加辩论赛。如果今天我的电视调解员角色确认是由十五年辩论经历磨练成的话，那么这次辩论赛居功甚伟。

话说那次辩论赛真可谓是"杀气腾腾"，因为中国的校园辩论赛似乎发端于某个灰暗时代，一直以来——估计也将一直下去，都是把对方辩友当"敌人"的。我们这群刚刚参加辩论的孩子，不用教便找到了这种凶狠的感觉，一吹哨便吵成一团，把人类天性中初步积累的刻薄与挑剔全部变成了语言的武装。在明白这不是考试并且可以乱说话之后，我找到了代表广大中下游同学攻击学习尖子的快乐，事后还因为“油嘴滑舌”受到了一大批人的追捧。

依稀记得当时刘萍展示了冰清玉洁的辩论新风——她的普通话标准，发音清晰，从容不迫，然而这种以指责为标准造型的辩论赛真的更有利于野小子们。最后我们赢了，他们有人哭了。当时刘萍有没有哭，还是一个历史小悬疑，只有在她今后的自传中去寻找答案了——因为这本书上没有记载。

以上是我高中时期对于刘萍的几乎全部记忆，简洁但比较深刻。有一点我必须特别强调，就是我头脑中关于“优雅”的最初印象，和她是密切相关的。当我还挽起两道裤脚配布鞋的时候，人家已经学会微笑着走过充满青少年汗味的教学楼楼道了；当我还在努力学习发出“肉”的拼音时，人家已经能够分辨英语中的标准音与地方腔了。

时光荏苒，我们后来见面就是2011年秋天的高中毕业二十周年同学聚会。那个正式的大会派我当主持人，当我结结巴巴地宣读老同学发言代表名单时，“刘萍”的名字非常自然地出现了，然后她朝主席台走来，在那一瞬间我看见时间之手的无力，也似乎听见时光之门訇然洞开……许多人在那一刹那走入回忆，一个外表几乎没什么变化的知名女生在这一刻无言地庄严宣告：尖子生尤其是女尖子生真的是不容易老的！这一幕对于已经开始偷偷使用敛肤水的低分老男生们是多么具有教育意义啊！

我们坐在台上，代表两个方向发展的大孩子：一个方向是对于知识的渴求、对于学习的驾驭；一个方向是对于课外事物的好奇、对于考试的迂回。我们同时向中年走去，又同时向幸福飞奔。

眨眼之间，她的书稿又摆在我的案头。翻阅一位老同学的大作，好像看见熟人上电视，感觉是奇特和有趣的。她描述的许多人与事，都是我见过或者听说过的。她的文字中散发出的“70后”的风格，以及她自己特有的永远的学生般的清雅之味，也是让我感到亲切和欣赏的。

一句话，我骄傲，我与她是有共同语言的。

以此代序，献给刘萍，也献给此书的读者们：人以群分，你们一定也是清雅如刘萍的男女，让这个世界多出许多幸福的香气吧。

胡剑云

2013年2月25日于南昌

（胡剑云，江西卫视《金牌调解》栏目主持人，伦理学硕士）

# 目　录

## 第一章　如歌岁月叙流年



## 第二章　点亮生命的烛光

# 第一章　如歌岁月叙流年

走吧，走吧，
人总要学着自己长大，
成长的过程无法替代，
酸甜苦辣只能自己品尝，
无论是坦途还是险径，
珍惜曾走过的路。

# 岁月留痕

那夜找资料，我无意中在一个角落发现一本尘封已久的日记，粉紫的封面，微微泛白了，坐下来看着那有些淡化的字迹，恍恍然十几年前的记忆扑面而来。那是在上海外国语大学读书的时候吧，虽然大学毕业多年，但回想起那绿意葱葱的校园、狭窄的石头小径、拥挤的食堂，仍觉得分外亲切。

日记里记录着少不更事的趣事：和闺蜜挤在蚊帐里彻夜长谈，翘课去逛南京路，周末复旦大学的热闹舞会，华师大长风公园的三人泛舟，平安夜冒着大雪到教堂听赞美诗，打开"394 信箱"看到远方来信的惊喜……那些年的心路历程被真实地记录在小小的方寸之间。值得庆幸的是当时的很多朋友现在仍然经常联系，成为一生的挚友。

曾经的室友如今已各奔东西，长发飘飘、有点婴儿肥的小蕾在大学曾绞尽脑汁想减肥却未能如愿，而现在回到家乡云南昆明，做了漂亮妈妈后却不经意瘦成八十斤；浓眉大眼的小烨跟曾经海誓山盟的"宁波哥"分了，听说已嫁了帅老外远赴加拿大；上铺那特有小资情调的姐妹睡觉时总爱翻身，使我在睡梦中也一直担心她会从天而降，听说携律师先生赴澳洲定居了；还有小家碧玉型的红衣少女小桦听说做了全职太太……

时间很残酷，将我们的记忆一点点剥去，使我们渐渐遗忘曾经很重要的事情。正如台湾歌手张艾嘉的歌中所唱，"走吧，走吧，人总要学着自己长大"。欣慰的是现在的我们健康、进取，拥有自己的事业和家庭，有温暖的友情相伴……

特此缅怀那曾经的花样年华和同行的朋友们！

大学毕业留影

# 给自己的一封信

Ping，

活了三十几年，一直想给自己写封信，就用伊拉克博士同学 Aklas 对我的称呼，简单明快，还有很多别的称呼，被不同的人叫着，有着不同的感觉。

在母亲肚子里就横冲直撞的你，原本被期望是个男孩，在出生的那一刻，让奶奶大吃一惊。自小聪慧的幺女是家中的宠儿、父母的掌上明珠，他们从未操心过你的学习，你的学习成绩总能在班里名列前茅，所以被寄予了很高的期望。你在高中毕业前走的每一步，接触的每个人都在父母严格监管下。当你如愿考上大学，才深刻体验到这种教育的某种缺陷：除了读书之外，你缺乏生活自理能力，大学期间经常感冒；缺乏明辨是非、灵活社交的能力。大学四年在你的人生中总有种抹不去的淡灰色印迹。而那些缺失的人生教育在你十八岁以后的人生里用泪水和汗水慢慢补上，如今的你平和而开朗，那是毛毛虫经过痛苦蝶变后的结果。

你有一颗率性而纤细的心，会为春天的第一棵嫩芽而欣喜，为秋天的第一片落叶而伤感，为柔弱的小草勇敢破石而出而感动，为红日跃出云幕金光四射而震撼。面临人生的很多重大选择时，你没有经过深思熟虑，而是追随内心：因为向往大海而选择一个陌生的城市安家，因为感动于一份热情而力排众议走入婚姻殿堂，因为参加硕士毕业典礼觉得博士的红衣看起来更帅气而决定读博。在现实的社会中，你始终渴望能保留心底的宁静，渴望自由的空间。你活得不轻松，没有长辈在身边帮忙，你独自面对孩子的抚养和教育；在丈夫需要的时候随时要以最坚强而睿智的形象尽心尽责做贤内助；还要利用被分割得支离破碎的时间为自己的学业和事业努力拼搏。曾经集万千宠爱于一身的你不明白为什么现在这么辛苦，有时候，你会在深夜梦醒时流泪，面对挫折后也有逃离现实的冲动，可是“70后”沉重的责任感让你选择留在原地，擦干眼泪后继续微笑。

读MBA（工商管理硕士）就想做企业，你没有料到“江湖险恶”吧？公司发展、人员管理、工程运作、客户关系、供应商关系等各种问题接踵而至，搞不定的时候你不如干脆关上手机，一个下午找不到你世界不会发生骚乱，地球自转公转也不会因此耽误一秒。别以为评了个“行业优秀企业家”，你就真的变得优秀了，你的资历太浅，城府不深，在那些老谋深算的同行面前尽量保持低调，这年头没有战略联盟无法独自存活。其实你的理想不是做企业家，你只想安安静静当个老师，安安心心地扎在书堆里，“刘老师”是你最喜欢的社会头衔。有空的时候码码文字，白日里做做梦，用你的浪漫情怀讴歌人生吧。

Ping，说实话对你有些失望，你不是我期望的最好状态，始终相信你有很好的禀赋，未来的路还可以更宽广。那么请从现在开始，学最好的别人，做更好的自己，把握命运的舵，慎重选择人生目标后，不管风霜雨雪向目标挺进，只有这样，当你走到终点的时候，才可以如释重负地说：“此生无憾！”

# 浪漫平安夜

又是一年圣诞节，我刚好有课，课间无意间瞥了一下窗外，天色已暗，突然忆起往事，于是和学生们谈起所经历的浪漫平安夜是在上大学的时候，停顿了一下。他们满怀期待地看着我，我接着说，是和一个男生一起去教堂听唱诗。他们来劲了，齐刷刷地把眼光投向我，以为有什么浪漫故事要发生。但我话锋一转："他不是我的男朋友。"他们马上开始叹气，最浪漫平安夜怎么能没有爱情呢？

那年上海的冬天特别寒冷，一向怕冷的我却期待平安夜那天能下雪，没有白雪装扮的圣诞节似乎少了许多风韵。吃过晚饭，纷纷扬扬的白雪从天而降，校园里的树慢慢地被铺上了白色的毯子。走在校园的小径上，脚下的雪慢慢地厚起来，踩上去嘎吱嘎吱地响，南方出生的我很少看到下大雪，兴奋地小跑着伸出双手接天上的雪花。好雪知时节，在这美好的平安夜，总想用一种特殊的方式来庆祝，于是我联想到教堂，但一个人晚上穿过大半个上海去教堂有些胆怯，而最好的朋友小蕾有其他活动没办法陪我，突然想起同济大学的一个老乡，那天正好他也有空，所以就一起去了。夜晚的上海寒冷刺骨，呼出的气息瞬间变成白色，公交车上人不多，车子穿行在夜上海，透过窗户看到行道树上的彩灯五颜六色地闪着，商场门前装饰着炫目的圣诞树，虽然下着雪，但街上人潮拥挤，节日的气氛很浓厚。

坐了很久公交车，我们终于抵达怀恩堂教堂。它处于陕西北路闹中取静的位置，是个两层红砖楼房，旁边有一个高高的钟楼，顶上有个十字架，曾多次坐车经过这里，但从未走近，感觉非常神圣。夜色已浓，但怀恩堂依旧灯火通明，很远能听到整齐而悠扬的歌声，走进教堂，发现里面已经座无虚席，信徒们仍然络绎不绝地到来，走廊、过道挤满了人，我们好不容易找了一个窗户旁的空位，踮起脚尖往里看，宽敞的教堂内，金色的十字架醒目地挂在墙上，牧师身着白色的长袍居高临下地站在讲台边，身后唱诗班的孩子们正在齐声歌唱："虽不见你，触不到你，但是我知，你正在对我低语。噢，主耶稣！噢，主耶稣！我深知道，你一直就在这里……"身边的信徒也在轻声和着，虽然我不是虔诚的教徒，但在那一刻，我的心灵仿佛受到了洗礼，刹那间变得纯净透明。我尊重任何能使人们变得更加美好的信仰，在浮躁的社会中，人们确实需要经常清扫自己的心灵，不要让它因蒙受灰尘而黯淡无光。

不知过了多久，朋友提醒要回去了，担心错过末班车，我恋恋不舍地离开了教堂，迎着漫天飞舞的大雪，一路上开心地唱着"Silent night，holy night"，回到宿舍才发现自己已变成了雪人。每每到了圣诞节，我就会忆起那年的平安夜，而被冠以"浪漫"并不一定需要爱情的光环，而在于那个夜晚和那漫天的大雪、庄严肃穆的教堂、和谐的圣歌如此完美地交织在一起，在于它带给我的某些心灵的启示：保持心灵的纯净，生活是如此美丽，让我们尽情地歌唱和享受它吧。

# 动物伙伴

大学四年里，因不适应上海天气，我经常和感冒作斗争，没能像同龄的女孩一样尽情享受青春的快乐，不敢熬夜、喝酒、在冬天穿短裙、四处游玩等等。大部分时间我待在图书馆或者宿舍里看书、听歌、编故事，让笔下的人物去经历我所没有尝试过的历险，或者是看着上海灰蒙蒙的天独自发呆。为了填补寂寞，我经常在宿舍里偷偷养些小动物。

我曾买了一对鸟，据小贩说是喜鹊，连笼子带鸟带回来挂在阳台上，文静的那只取名叫 Teresa，活泼的那只叫Stella. 这两只喜鹊不爱叫，我总是担心它们有毛病。Stella 每天站在杆上用头去撞笼顶，一副痛不欲生的样子，Teresa 只是安静地立着，呆呆地看着笼外的天空，似乎在怀念自由的日子。有一天，我打开笼门给它们换水时，Stella 一马当先冲了出去，只剩下 Teresa 形单影只，只好把它也放走了。

后来在四月的一天，我们去市场上买草莓，一群孩子围着一个摊子，禁不住凑近了看，原来在卖一只小刺猬，联想起动画片里那些可爱的刺猬背着果子慢吞吞地爬的憨态，一时兴起把它买了回来，安置在空鞋盒里，背上还给它插满草莓。但这只刺猬性格孤僻，白天似乎在冬眠，怎么拨弄也不理睬人，但一到夜深人静的时候，就从鞋盒里钻出来，精神饱满地在宿舍里溜达，在床底的纸箱那爬上爬下，把鞋盒子推来推去，窸窸窣窣似乎在咬什么东西，让人毛骨悚然。我只好爬起来，黑灯瞎火地找它，这机灵鬼似乎和我捉迷藏，气得我七窍生烟，最后它玩够了，又爬进鞋盒里不动了，害我一夜失眠。有一天晚上，阳台门忘关了，它就溜到阳台去了，早晨起来已经杳无踪迹，最后只能推断它“跳楼自杀”了。我跑到楼下的小花园里仔细寻找，也没发现它的“遗体”，就这样莫名其妙地失踪了。自此我每次回宿舍，都要绕到后面的小花园转一下，但再也没见过它，毕业离校时还郑重交代师妹们如果见到它，一定要好生待它。

大学期间我还养过金鱼、小乌龟等等，在远离亲人的日子里，它们带给我许多温情和欢乐。

# 躁动的心

深圳是个很奇特的城市，如今我回想起在那儿的岁月，仍能感觉到血液里那种激情和躁动。那里生活和工作节奏很快，人们行走匆匆，和厦门悠然自得的感觉截然不同。想起深圳，印象很深的是那木棉花，红灿灿地挂在枝头，热情地绽放，有一次走在树下还被那硕大的花砸了一下。1995～1997 年正值香港回归前夕，深圳城市管理严格，气氛有点紧张，进出深圳必须要有边防证。

我深圳的第一份工作是在一家韩国企业当韩国老板的英文助理，公司主要从事高档服装加工出口，负责招聘的大叔开车直接从深圳罗湖区人才市场载我到他公司。韩国老板长着一张标准的韩国脸：大脸盘，粗糙的皮肤，眼睛很小，整天板着脸，很严肃。他讲韩语和英语，中文只会简单的几个词，很多同事都是朝鲜族吉林人，会说韩语。我的直接上司是一个冷艳的新疆女孩，听说马上要被派去美国公司工作，而招聘我到公司目的就是接她的岗位。她经常驱车带我去关外，到宝安区的一家韩资服装面料厂检查质量。在那里我第一次看到了服装面料的织染过程，接触到各种花色的印花真丝面料，很新奇。工作内容之一是把各种花色的面料整齐地剪下来做样品册，一开始我把布剪得像狗啃似的，后来慢慢掌握窍门，即使不在面料上画直线，也能把它剪得方方正正的。公司生意很好，经常加班，而办公室人员要负责质量督导，也经常要加班到后半夜三四点。仓管大姐是个开朗、和善的东北人，很关照我，让我困了就偷偷地到仓库的地板上打盹，等接货的卡车来了，她把我叫醒，我再睡眼惺忪地爬起来到楼下协调装货。

虽然工厂工作条件较差，但公司分配给我的住宿条件很好，一个人住两房一厅，几个月后办公室又招了个东北女孩一起合住。香港回归前，深圳晚上检查频繁，半夜经常被嘭嘭的敲门声惊醒，透过窗户外望，小巷里手电筒光一闪一闪，嘈杂的人声、急促的跑步声忽远忽近，还有狼狗恶狠狠的吠叫声，令人不寒而栗。这不是电影的情节，而是城管在查暂住证、边防证，折腾半宿，拉走一车人，据说是没证件偷渡入关的，警笛声在深夜显得格外刺耳。据说那些人要被拉去东莞，做苦力挣够路费才被遣送返乡。这样的日子过了几个月，后来不知哪里得罪了我的女上司，她很爱给老板打小报告刁难，我在一怒之下辞职了，离开时韩国老板还给了两百美元奖金。那时候美元比现在值钱，和人民币兑换比值超过 1∶8，第一次见美金，觉得挺稀罕的，专门到银行开外汇账户存了起来。

后来我又辗转去了深圳的很多地方工作，如蛇口赤湾、福田区，最后到罗湖一家外资公司做英文编辑，很多同事和客户都是香港人，所以在那里有个意外的收获，学会了粤语。我租住在公司附近的渔民村，旁边围着大片铁丝网，网那边是一大片空旷的绿色山谷，听人说从那翻过去就是花花世界——香港，一个很神秘的地方。我每天要走路到工作地——东方广场上班，经过火车站隧道时，经常遇到警察检查过往行人的暂住证和边防证，所以每天证件都要随身携带。1997 年 7 月 1 日，大家兴高采烈地庆祝香港回归，锣鼓喧天，到处是一片花的海洋，火车站站前广场、罗湖口岸布置了很多回归主题的园林盆景和庆典布置，一派喜庆祥和的景象，人们纷纷拍照纪念这重要的历史时刻。

现在回想起深圳的日子，那时候的我有一颗驿动的心，虽然当时处境颇为艰难，但是它让我从象牙塔的云端降落在地面上，开始脚踏实地为梦想奋斗。我喜欢那种忙忙碌碌、为生活努力打拼的感觉，大胆地做了多种尝试，在磨砺中也慢慢学会了如何担当责任以及为人处世。每个人的成长都是一个不断积累的过程，每一段经历，即使卑微渺小，只要我们始终保持积极阳光的心态，全心投入、用心体会，都可以从中受益，收获成长。

1997 年 7 月 1 日喜迎香港回归留念

# 草根朋友

20 世纪 90 年代中期，我放弃了安逸稳定的工作，奔向了改革开放的热土——深圳市，认识了来自各行各业的草根朋友，让初出茅庐的我大开眼界，对社会有了更深层的认识。虽然年代久远，他们中的很多人，我已想不起面容，但有两个人深深地留在记忆里。

小董是个湖南妹子，圆脸，大眼睛，扎着马尾辫，喜欢穿运动衫和短裤，露出粗壮的腿。她走路风风火火，笑得肆无忌惮，颇有湖南妹子的豪爽泼辣。她在深圳赤湾一家很有实力的大企业做白领，虽然我无法把白领形象和她短袖短裤的形象联系在一起，但这说明她受过良好的教育，有不错的工作能力。和她认识却是在人才市场上，她担任了一份兼职工作，受雇于一家小型的人才中介公司，工作任务是每天早上在蛇口各个区帮忙贴招聘海报。她每天六点半起床，骑着自行车，带着海报、糨糊，到各个区转，贴一张海报赚一块五。有时候她会透露一些兼职工作秘诀，贴海报是个技术活，要快、准、狠，贴的位置要适当，否则一下就被撕掉；看见城管得赶紧跑，不然被逮住要罚款。我问她有好好的白领工作为什么还要兼职，她很认真地回答，白领工作虽然不错，但是竞争也很激烈，朝不保夕。现在的单位有个不成文的规定，被称之为“换血”机制，即工作超过七年的老员工，上至管理层下至保安，很多人都会被辞退（当时没有劳动法）。至于原因，她分析可能是老板认为员工在公司时间长，工资会比较高，或者可能他们容易犯不听从指挥、工作懈怠等毛病。因此她要居安思危，通过兼职获得更多信息，同时可以多挣点钱，早起又可以锻炼减肥，一举多得。

在福田区还认识了一个男孩小陈，也是在人才市场认识的，是个山西人，个子不高，但很敦实，理着平头，长相普通，属于放在人群里几乎找不到的那种人。他原来有份体面的工作，在深圳市郊的某高尔夫球场担任翻译工作，每天坐往返巴士到市区，他很认真地纠正了我“往返巴士”的英语翻译，说应译为“shuttle bus”. 后来他辞职做了自由职业者，也是和人才招聘相关的，他做的是招聘信息收集工作，频繁地拜访各大工厂和公司或者打电话，询问招聘岗位和职位空缺，然后把信息再销售给人才中介公司。他是个很勤奋的男孩，每天坐着公共汽车往返于深圳的各个角落。他透露了一个省钱的方法，他每天在外东奔西走要喝很多水，而频繁买矿泉水花销太大，所以每天出门前他用空的矿泉水瓶灌好凉开水，喝完了再接自来水。因为深圳有很多外来人员，招聘信息很紧俏，所以虽然现在的自由职业没有翻译工作体面，但收入要高很多，而他的理想是多赚点钱，回老家开个信息中介公司，再娶个贤惠媳妇居家过日子。我当时还笑他没有大志向，很俗气，现在回想起来，那可能也是大多数普通老百姓的梦想：有不错的职业和收入，有个幸福的家庭，和和美美地过小日子。

在深圳期间还认识了很多朋友，如私营业主、船厂技术员、集装箱司机、联防队员等等，他们来自天南地北，背井离乡为生活打拼，用智慧和汗水耕耘深圳这块热土，也通过每天踏实的奋斗为他们的理想添砖加瓦。这种草根的开拓奋斗的精神恰好反映着深圳市雕“拓荒牛”的精髓，也深深地感染了我，激励我不管境遇如何，始终乐观向上、积极进取，开创更加美好的未来。

# 生命感悟

每每抱着厚重的书本，穿行在厦大浓浓的树阴下，望着周围匆匆而过的年轻学子们，或者研读累了，站在博士园内丰庭宿舍的阳台上，遥望远处的大海，我总是恍惚若梦。年过三十，忙碌的工作和生活没有褪去我求知的渴望，仍然还有机会坐在大学校园里静心求学，我的心中充满了对厦大母校的感激。

我不是一个工于心计的女人，也没有刻意安排自己的生活，但是命运沿着它预设的轨迹，引领我又重新回到了校园。曾经尝过白手起家的世态炎凉，也体验过宝马代步、一掷千金的奢华享受，而在三十几岁的年龄依然能沉静下来，回归本我，何尝不是一个奇迹呢？

读博比想象中艰难，就好比在爬一座陡峭的高山，越往上爬，越寂寞，不断地否定自己，又不断地前行，似乎攀登已经成为一种宿命。没有谁能够真正理解你，有时候自己也不解，一个女人何苦为难自己，在别人逛街、看韩剧、做美容、享受生活的时候，你却只能埋在厚厚的书中，做个孤独的苦行僧。先生意见很大：太太陪伴书的时间超过陪他，更没有时间煮家常便饭。其实他只想要一个知冷知暖的妻子，知识仅仅是华丽的装饰品而已；女儿经常眼巴巴看着我，问："妈妈，什么时候陪我去公园？"其实她只想要一个陪伴她成长、爱她、呵护她的妈妈。每每想到这些，我的心中都充满酸楚，但是路已经选择，无法回头。

经历过读博的人都知道，写博士论文如同炼狱，从庞杂的文献收集、研究设计、调研到写作，人如同思想的困兽，又如同不知疲倦的蚕，日积月累地吐丝。中途，写作会遇到瓶颈，无法落笔，备感煎熬；好不容易完成了初稿，小心翼翼地呈给导师，严谨博学的导师在上面标注了密密麻麻的上百个修改意见，几乎令人发疯；改完稿之后，又有新的批改要求。4 月 6 日应该是我终生难忘的日子，那晚导师给我批复：“论文结构和内容上还有很多问题，请抓紧修改，实在不行就等下次答辩。”收信的那一刻，我几乎崩溃，这时离论文呈交时间不多了，甚至没有时间悲伤，即使这时其他人都放弃了我，我也不能放弃自己。压力似乎激发了我的斗志和潜能，4 月 6 日夜晚几乎彻夜在写，理顺了结构。但令人哭笑不得的是，4 月 7 日早上起来，头重脚轻，发烧了，可能是由于极度疲劳再加上沉重的心理压力所致，可是这时怎有时间生病呢？坚持到底、绝不放弃的信念在支撑着我，虽然浑身不适，但是依然全天坚持在写论文。奇怪的是发烧时，人好像变得更聪明了，思想非常亢奋，后来又奋战了好些天，终于顺利完成了论文修改，老师也同意我最后做一些格式上的调整就可以呈交学院，此时紧绷的神经才放松下来。之后的论文盲审和答辩的过程中，我一路绿灯顺利过关，最终获得厦门大学“优秀毕业生”荣誉称号顺利毕业。

磨难是人生的财富，炼狱之后见到曙光，我仿佛有种羽化成蝶的感觉。我很骄傲，没有荒废青春；很庆幸，暂时的困难没能阻挡前行的脚步，终于体会到了“会当凌绝顶，一览众山小”的豪迈情怀。虽然前方还有许多新的山峰在等待攀登，未来的路也不可能一直宽广通畅，但是我相信人在经历过机会、威胁、成功、失败等磨砺后，内心会逐渐强大，双脚会牢牢地踩在地面上，无论面对多大的挑战都将无所畏惧！

不知不觉中，厦大的凤凰花已点染了火红的激情，我的学生时代也画上了圆满的句号。我将重新规划我的人生，享受生活的美好，把更多的欢乐和幸福带给爱我和我爱的人们！

# 凤凰花开

厦门大学被誉为中国最美大学之一，依山傍海，景色宜人，这儿还生长着一种最有灵性的植物——凤凰花。凤凰花只开两季，一季是每年九月迎接新生入学时，外地学子一到厦大，一定会被火红的凤凰花所深深感染：树冠上一片片红艳艳的花儿，毫无保留地绽放，连空气仿佛都被点燃了。还有一季开在每年的六月，正是老生毕业的季节，此时的花开得依然火热，仿佛要把学生时代的激情在最后一刻燃尽，空气中洋溢着离别的伤感，而那一树树花开后，大学生活就在记忆中慢慢淡成水墨画了。

不觉又到六月了，师门有五个兄弟姐妹今年毕业，即将离厦，作为二师姐的我，心中有很多不舍。虽然我们来自全国各地，但是手足情深、相处融洽。我们曾一起坐车翻山越岭到中国华电集团下属福建棉花滩公司做管理咨询项目，那边的鱼宴和客家菜让我们大快朵颐，客家米酒甜得令人心醉；曾一起坐动车到福州参加项目，一路欢声笑语。同门聚餐的时候，喝点酒就很活跃的文晓师弟和刘佳师妹，双簧唱和带给我们很多欢笑；博士毕业答辩时，师门齐聚为我鼓气，红伟师弟和阿爽师妹为我出谋划策；答辩顺利通过后，师妹们为我献上鲜花等等，许多温暖而欢乐的记忆。

今晚我们又聚在一起，十六个同门围坐一张桌子，大家笑着闹着，评比三个师弟谁最黑，结果贾雷师弟荣登榜首；我们建议哥仨可以移民南非，优越感会比较强；红伟畅谈人生理想，被我贬成是暴发户的梦想；颖娟师妹谈起她心目中的白马王子，我们让她从哥仨里选一个标准参照，结果文晓师弟被幸运抽中，理由是“红伟不好掌控，而贾雷是不愿意掌控”，令贾雷师弟深受打击，埋头猛吃，决心继续保持“最佳光棍”荣誉……大家灿烂地笑着，心里应该都有些难过吧，在这凤凰花开的日子里，他们即将各奔东西，追逐自己的梦想，而下一次相聚不知何时。离开时，美丽可人的阿爽和每个同门都来个热情的西式拥抱，男生们从未享受这么高规格的礼仪，幸福得嘴都快咧到后脑勺了。

在我们的生命中，经常要面临着这样的离别，原来至亲的人们，有一天也会不知踪影，从此天涯海角，走着各自的轨迹，纵然有千般不舍，也要依依惜别。只愿我们心中永远珍藏那份温暖的情谊，未来的日子，祝福大家一路走好，平安快乐！

2009 年赴华电集团下属福建棉花滩公司课题调研合影

2011 年《福建广告史》课题组赴泰宁大金湖调研合影

# 邀　约

如果有一天，
能回到二十年前，
依旧青涩淳朴、朝气蓬勃；
如果有一天，
能够找到回去的路径，
重温当年的激情和梦想；
如果有一天，
曾短暂消失的人们，
又站在你面前绽放笑容；
你是否愿意回到原点，
那个共同的精神家园？

何必担心彼此的变化很大，
何必在意阅历和经验不同；
回到起点的我们，
带着单纯而赤诚的心。
简单而美好的情感
如同陈酿，
多年以后打开，
依旧醇香浓厚，
让我们共同畅饮，

金秋的夜晚终于梦圆！

无论身在何处，
请奔赴同一个目的地。
“二十年”一聚已等待太久，
每个人都是聚会的主角。
盼望看到曾熟悉的笑脸，
渴望听到那久违的声音。
思念不如相见，
莫让青春留憾，
等你在老地方，
唱响我们共同的心愿！

（本文系高中毕业20周年同学聚会邀请函）

# 相见时难别亦难

盼望着，盼望着，国庆节高中毕业 20 周年同学大聚会的日子终于到来了，早上八点钟就出门，心早就急切地向着远方的故乡了。一上高速，发现陷入了车的海洋，车头攒动，我的“马儿”跑不起来了，只能以“龟速”挪动，几百米的路走了将近两小时，后来终于撒着欢儿疾驰，到了下午近三点抵达目的地。

吃完饭我马不停蹄赶去聚会的大酒店报到，酒店门口大大的拱门充满了节日的气氛，空气中仿佛都洋溢着聚会的味道。拍照、领纪念品，人来人往，似曾相识，不时有人打招呼。回来了！我的大脑内存似乎不够，想不起来有些人的名字，没有关系，我们都是同学，曾如蒲公英的种子洒在四面八方，而今天，不管千山万水，都风尘仆仆回来了，赶赴这场已等候二十年的约会。

10 月 2 日是正式聚会时间，我们一早集合分乘大巴前往一中老校区，久违了的校园，走进大门，仿佛进入了时光隧道，重返高中时代，兴致勃勃地爬上三楼，找到原班级的教室，门口印着大红的“高三五班”指示帖，可能是聚会筹委会特别制作的，很贴心。教室已经很旧了，墙壁的石灰有些斑驳，我们寻找各自当年位置就座，教室的桌子和椅子怎么这么小，间隔怎么这么窄？班长等“重量级”的同学前胸贴后背，几乎挤不进来了，变化的其实不是桌椅，而是我们长大了的身材。坐在位置上，我仿佛又看到当年的自己，戴着宽大的眼镜埋在书堆里，停电时点起的煤油灯把影子映在墙上。在这里，三天一大考，两天一小考，做不完的数学题，背不完的重点；在这里，作为校刊《绵江报》副社长的我和刊物骨干们热烈讨论着文章编排和刊物的发展；而当年的社长多年后竟又成为我厦门大学的博士校友；在这里，一贯被认为好学生的我，把头埋在抽屉里偷偷地看汪国真的诗集和琼瑶的小说，缓解紧张的神经；在这里，曾帮一个男生写过恳切的道歉信给副校长，淘气的他因烧了同学考卷又写打油诗在黑板上骂这个同学而险些被学校开除……记忆如瀑布般喷涌而出，将我淹没。

此时大家都很兴奋，曾安静的教室现在又充满了欢声笑语。赖班长点名，同学们纷纷发言，感慨万千，邱鸿同学当年充满哲理的名言“拉帮结派必打架，打架必伤身体”记忆犹新，至今依然让我们捧腹大笑。继春同学仍然不改当年“语不惊人死不休”的个性，一席话铿锵有力，震撼人心。永远的高三五班是我们共同的精神家园，同学们都是我们至亲的家人，有空常回来看看。

我们原来的校区已经划归二中了，我们继续前往一中新校园。新校区面积更大，崭新的校舍，宽敞的教室，整齐的绿化，无不彰显母校日新月异的进步，我们心中充满自豪。在新一中宽敞的会议室里，九一届全体到场同学举行了短暂聚会，会议主持人是江西卫视的《金牌调解》栏目的金牌调解员胡剑云同学，曾经是高一的同班同学。他参与主持的《金牌调解》栏目收视率很高，成为江西电视台的王牌节目之一，儒雅睿智的学者风范，深刻的洞察力和沉稳又不失风趣的主持风格备受观众好评，令人景仰。可能因为当年高考时曾侥幸以地区外语类第一名的成绩从母校毕业，所以这次我非常荣幸地作为同学们的代表，坐在主席台上，向亲爱的母校、尊敬的老师和同学们献上我真挚感言和诚挚祝福。未来的日子里，让我们心手相牵，在品尝生活的甜蜜中，共同开创更加精彩的未来。

相见时难别亦难，相聚的日子总是特别短暂，离开的时候不忍回首，怕多情的泪水模糊了远方的路。再见了，我的同学们，再见了，我的朋友们，我带走了校园操场上满天的星光，带走了独石子岩洞石壁上“友谊地久天长”的刻字，带走了曾朝夕相处的同学情谊。谢谢你们，我的朋友们，你们的友情温暖了我的人生！

高中毕业20周年同学大聚会留念

与江西卫视《金牌调解》栏目金牌调解员胡剑云同学合影

# 睡眠小事

早上九点多钟才起床，拉开厚厚的窗帘，冬日的阳光慷慨地洒满了床铺，不知为何，竟然觉得有点心虚，在周一的早上，别人都在热火朝天地工作，而我却像一只猫，蜷在温暖的被窝里，奢侈地睡懒觉。有多久没有这样睡了？三个月，半年或者更久，想来似乎我长期处在一种缺眠少觉的状态中。

不可否认时间是稀缺资源，华人神探李昌钰博士在“开讲啦”节目中曾说：“假如一个人活到一百岁，大约可以有三万天可以用，而睡觉花去了约一万天，儿时模模糊糊不懂事的时间又花去了约五千天，真正可用的时间只有一万五千天。”人的生命短到可以用数字来估算，的确让人触目惊心。但比起另一个女博士，她每天晚上九点多开始睡，早上十点前交代不让打电话吵，中午还有一个慵懒的午觉（这种婴儿般的睡眠真是让人艳羡），我每天只睡五六个小时，在睡眠方面应该节约了不少，所以时间应该相对充裕，虽然确实有很多事要做，但应注意张弛有度，不必把自己绷得如此紧张。

有时候想想有些不值，生活在最宜居城市——以慢节奏著称的厦门，却成天像辛劳的香港人一样行走匆匆，踩着快进键，究竟在追赶什么？有人说，世上除了生死，其余都是小事，又不是世界末日，所以睡眠这点小事无足挂齿，应该要理直气壮地睡，睡他个日上三竿，睡他个地老天荒，又有何妨！

# 春风化雨润无声

师者，传道、授业、解惑也。每当我走上讲堂，望着学生渴求知识的眼睛，经常扪心自问，在这三尺讲台之间，在有限的时间里，如何能够实现作为老师的最大价值，这种沉甸甸的责任感总是让我心存敬畏，不敢懈怠。

大学教师工作在很多人眼中很清闲，而其中辛苦，只有自己才能体会。博士毕业刚走上教学岗位时，我担任了《市场营销》和《企业形象策划》两门专业课的教学任务，共有四个大班，每次课都有一百多号学生，把教室挤得满满的，站在讲堂上总有种缺氧的感觉。而系里出于对学生的“人本主义”精神，把学生毕业论文指导和答辩工作提早到春节放假前，每个老师平均要承担指导十一个以上学生毕业论文的任务。在十一、十二月份，工作压力非常大，每天白天忙着备新课和上课，晚上还要抓紧修改学生论文，从论文选题、研究框架、研究方法应用、内容编排、行文逻辑等方面无不需要花费我巨大的心血，甚至细到语法或者标点错误，我都尽量标注，每天要忙到午夜才能疲惫地爬上床，深刻体会到教师工作的繁重，需要全身心的奉献。当学生们一个个顺利通过答辩，挽着我的胳膊，搂着我的肩膀，亲热地唤我“萍姐”时，我心中涌起教师职业的神圣感，这种对学生未来前程的智力投资将是无价的，是功德无量的良心事业。

记得在 2011 年 12 月底，2008 级市场营销专业学生就要离开学校，走上实习和工作岗位，他们在学校的最后一堂课恰好是我的《企业形象策划》课。课程内容已经结束了，但这天他们都早早地齐聚教室，几乎无人缺席，好几个同学跑上讲台激动地对我说："刘老师，现在很多课都不上了，安排我们自修，而今天是我们在大学的最后一课了，我们大家都很期待您能和我们上最后一课。"此时同学们面临着离别，教室里弥漫着莫名的伤感，为了活跃气氛，我和同学们一起玩原来在大学玩的游戏：正好两个班，一个班的同学在纸上写下"What would happen if……"另一班的同学在纸上写下"I would……"然后我们随机抽取两名同学所写内容配成一对，接着大声诵读出来，很多对答妙趣横生，令人捧腹。我们评选出：

**1. 最"无厘头"的对答**

问："What would happen if there were only you left in the world?"（如果世界上只剩下你独自一人，将会发生什么事情?）

答："I would eat a big meal and go to bed."（我将大吃一顿，然后上床睡觉。）

**2. 最理性的对答**

问："What would happen if you lived in a family with ten children?"（如果你生活在一个有10个小孩的家庭，将会发生什么事情?）

答："I would eat as much as I can."（我将尽量多吃一点。）

**3. 最浪漫的对答**

问："What would happen if it were the last day?"

（如果今天是世界末日，将会发生什么事?）

答：“I would accompany you till the end of the world.”

（我将永远陪伴你直至世界尽头。）

游戏的过程中，大家不时开怀大笑，悲伤的情绪一扫而空。课堂最后，我和大家分享了一段视频——央视的公益广告“心有多大，舞台就有多大”，并深情寄语，希望同学们树立远大的理想，不断努力攀登人生的高峰，拥抱光辉灿烂的未来，因为“心有多大，舞台就有多大”！最后我把这句话作为毕业礼物送给同学们，虽然他们也许第二天就将离别母校，各奔前程，希望在他们的记忆里能保存大学最后一课的温馨欢乐以及老师对他们的殷切期望。

作为一名新老师，我深深知道自己在教学经验、教学技巧上有很多不足，需要不断努力，我秉持积极开放的心态对待教学，努力钻研，虚心向同事学习，重视学生们的需求和建议，在课堂上，除了理论教学外，我很注重加入丰富的案例，启发同学们积极思考，提升其分析问题、解决问题的能力。有空时，我会在课堂上通过讲土拨鼠等故事的方式倡导积极向上的人生观，带领学生们大声诵读励志短文“Today is the beginning of my new life”（今天是我新生活的开始）。课余时间，经常班上有同学或者是其他专业的同学找我咨询学校组织的主题竞赛事宜，请我提供建议，也有同学把他们参赛的营销策划案发给我请求指点，教学相长，我会非常耐心、热情地分享我的思想和看法。甚至有同学在参加案例大赛实战销售环节中，会请老师帮忙购买他们销售的产品。这种专业实践活动可以很好地结合专业课程，提升学生营销能力，我欣然购买产品表示对他们的支持。当学生们感觉迷茫、没有方向的时候，我积极鼓励他们点燃心中的蜡烛，主动学习、积极钻研，今天的努力是为明天的成功积累。闲时我还经常在QQ空间里撰写和分享哲理小文，学生曾在我的空间留言“安静的时候，总是来这找几份灵感跟力量”，这种默默的心灵引领被学生感知，令我非常惊喜。

时间过得很快，转眼到大学教书已经两个年头了，同学们和我建立了亲如家人的关系。教师节，学生们在课堂上全体起立，向我鞠躬，齐声祝我“教师节快乐”时，我热泪盈眶；走在校园里，经常有学生从马路对面跑过来问好，虽然我不能逐一叫出他们的名字。对于我来说，学生们的喜爱和认可是一种无上荣誉，令我享受其中。我热爱我的工作，在我心里，每名学生都是独一无二的，都有无限的潜能，需要老师发掘和雕琢，希望老师的关爱能如春风化雨，默默滋润学生们的心田，如果能对他们的成长起到绵薄之力，我将深感欣慰。

# 第二章　点亮生命的烛光

幸福是灵魂的香味，
无论贫富贵贱，
珍惜所拥有的，
平淡的日子里处处蕴藏着
爱与被爱的感动，
高洁的灵魂是幸福的源泉！

# 感觉幸福

幸福无定式，幸福在于心灵的感觉。

漫步在公园的绿地下，头顶的木棉花开得艳丽而奢侈，沉甸甸地挂在枝头，风一吹，吧嗒吧嗒掉下来，女儿在树下欢呼雀跃，小心翼翼地把花放在袋子里，挽着手儿满载而归，陪着孩子成长的过程很幸福。

过年了，阿姨回老家了，快到饭点时，家中嗷嗷待哺的两张嘴此起彼伏叫“老婆，饿了”，“老妈，饿了”，看着家人把我做的饭菜一扫而空，然后被“超级厨师”，“美食家”等糖衣炮弹轰炸得晕晕的感觉很幸福。

在生日、情人节或者结婚纪念日，连续十几年收到老公送的鲜花，偶尔也抱怨缺乏创意，然而被宠爱的感觉很幸福。

一家三口逛街，热心的店主夸我先生好福气，有两个漂亮的女儿，女儿心照不宣，转过头甜甜地叫我“姐”，我们俩异口同声叫“老爸”，看看先生晴转多云掉头就走，留下满脸狐疑的店主，年轻的感觉很幸福。

忙得灰头土脸的时候，突然接到老朋友的电话，一起开怀大笑，青涩美好的回忆扑面而来，时光的痕迹不复存在，被人惦记的感觉很幸福。

年过三十，重返学校，经历过读博的苦旅和论文写作的炼狱，在满桌专家的炮轰中顺利答辩突围，登上学业的顶峰，那种羽化成蝶的感觉很幸福。

教师节，上课前，大学生们集体起立，向我鞠躬，祝我节日快乐，在祖国花朵的灿烂笑脸丛中，我心花怒放，受尊敬和爱戴的感觉很幸福。

长途跋涉回家，看到父母满是皱纹的笑脸，靠在父亲的肩上，陪他们聊家常，静静地看着母亲在沙发上像猫儿一样打瞌睡；拉着他们粗糙的手一起逛街，帮他们选购新衣服，合家团聚的感觉很幸福。

很喜欢一句话：幸福是灵魂的香味。无论贫富贵贱，珍惜所拥有的，平淡的日子里处处蕴藏着爱与被爱的感动，高洁的灵魂就是幸福的源泉。你闻到来自灵魂深处的香味了吗？恭喜你，你是幸福的！

# 简单就好

简单是一种人生态度，更是一种生活智慧，不慕世间繁华，不精心雕琢，不贪功急进，简单是我们人生的底色。

司空见惯了奔驰开路、宝马护驾、奢华盛宴的复杂婚礼后，自行车婚礼低碳环保，令人耳目一新。在蓝天白云之下，眉开眼笑的新郎载着穿洁白婚纱的美丽新娘，在亲朋好友们组成的自行车队簇拥中，在万千路人的祝福声中，喜气洋洋地奔驰在充满爱的阳光大道上，那场景温馨而浪漫。在“拼爹”、“亿元陪嫁”、“丈母娘推高房价”的当今，两颗心能相遇相知，决定只以爱的名义携手进入婚姻的殿堂，没有过多物质羁绊的爱情纯洁而美丽。

有些人总是杞人忧天，担心健康不长伴、事业不长青、爱情不长久、生活不完美等等，于是患得患失、郁郁寡欢，惶惶不可终日，而事实上其担心之事大多未发生，等幡然悔悟时岁月蹉跎、韶华已逝。其实你只须做好自己的“事”，不插手别人的“事”，不操心老天爷的“事”，活在当下，经营好每一天的幸福，自在而洒脱。

有些女性朋友，“为悦己者容”，每天辛勤耕耘脸上每一寸肌肤，浓妆艳抹、脂香熏人，犹如戴着厚重的面具，却不知大部分男人在生活中可能更欣赏清水出芙蓉、内外兼修的女性之美。因此淡雅精致的妆容、自信积极的精神和真诚友善的笑容足以让你明艳动人，应多花些时间精力在内在之美的修炼中，努力提升自身素质和修养，古人云“腹有诗书气自华”，由内而外散发的美优雅而动人。

简单之美就如山野上绽放的百合花、初冬阳光下静默的白雪、蓝天下熠熠发光的湖泊，清新而自然；又如陕北汉子粗犷的情歌，少女怀春脸上泛起的红云，佳人沐浴后淡淡的体香，淳朴而健康。让心沉静下来，去繁从简，享受简单带给我们的快乐，简单就好！

# 听音识人

音乐是人类文化的重要元素，美妙的音符可以跨越国界、民族，引起人们的某种共鸣。我和大多数人一样，没有很高的音乐禀赋，不能像专业人士那样有一双神奇的耳朵，敏锐地分辨出音准、节奏。但是音乐也是一种平民艺术，表达了人们对生命的热爱，这也是“星光大道”、“中国好声音”等很多平民音乐节目红遍大江南北的原因。我喜欢一个人静静地欣赏音乐，尤其是没有任何歌词的纯音乐，它们就像一块块天然的璞玉，可由听音人自由地雕琢，天马行空地想象，品鉴出不同的感觉，而如果经过语言的加工，往往可能画蛇添足，失去其原有的神韵。著名德国哲学家尼采曾说：“与音乐相比，所有通过话语的传达都具有无耻的特性，词语使非同寻常变得平庸不堪。”虽然他的言辞颇为偏激，但也不无道理。

一天中午，一个朋友让我欣赏一段音乐，冥想其中的意境。这是一首奇妙的钢琴曲，随着轻快的音符，我的心灵开始舒展，仿佛看到自己光着脚丫在沙滩上奔跑，拥抱浪花，又似乎来到热情的墨西哥，狂欢的人们在广场上载歌载舞，庆祝丰收，甚至还看到了流星欢快地划过天际。听着我的表述，朋友露出笑容，说：“总之，你看到了人，是吗?”“当然了，我看到了欢乐的人们，脸上充满了笑容。”他笑着说：“看来音乐的意境和人性是相通的，人的性格能在音乐的感觉中体现，你平时给人感觉比较阳光开朗，平易近人，所以你在音乐中可以感觉到快乐。”我很好奇，问：“那你第一次听这首音乐时是什么感觉?”他说：“第一次听它的时候，我仿佛有种被逼到穷途末路之后，又绝处逢生的感觉，然后我去查找曲名和创作背景，原来这首曲子叫《荒漠天际》，由欧洲新古典王子马克西姆所作，创作背景是在战火纷飞的克罗地亚。”听完这番话，我不禁赞叹道：“原来你才是钢琴家的知音人，你听出了他的心声。”同时我也忍俊不禁，同样一首曲子，不同的人感觉迥异，说明对音乐的感觉和人的个性、经历、人生观等紧密相连，甚至与听音乐时的情境也密切相关：比如在白天或者晚上，一个人或者几个人一起欣赏以及听音乐时的心情等等。

提到知音，我又不由联想起“伯牙绝弦”的故事。“伯牙善鼓琴，钟子期善听。伯牙鼓琴，志在高山，钟子期曰：‘善哉，峨峨兮若泰山！’志在流水，钟子期曰：‘善哉，洋洋兮若江河！’伯牙所念，钟子期必得之。”伯牙通过音乐传达巍峨高山和洋洋江河的意境，被钟子期敏锐地感知，精准地诠释，说明这两人性格相似，精神相通，有着共同的志趣和爱好，这种默契令人惊叹而神往；而子期死后伯牙绝弦，不再弹琴，以表达对友人的哀思，又令人扼腕叹息。听音识人，音乐魅力无穷，不仅可以让我们更深地了解自我和他人，还可以帮助我们寻觅到情投意合的真挚友情。人生若能得如子期对伯牙般的知音人，善莫大焉！

# 大话零食

女生似乎天生是爱吃零食的，一坐下来嘴巴就闲不住，瓜子、花生、橄榄、话梅、巧克力等等，琳琅满目，看她们吃零食是件赏心悦目的事情。大学时代很深的记忆之一是闺蜜小蕾坐在上海外国语大学的宿舍窗前吃零食，像一只不知疲倦的仓鼠，一个下午堆起一座果壳的小山，一边热情洋溢地告诉我她最近的减肥计划，然后心满意足地去跳绳。

教研室的尤博士也是个“零食控”，总是带很多零食过来，热情地向我推销，经常被我婉拒，表情很受伤。她肯定认为我比较另类的吧！哪有不爱吃零食的女人？这种女人大概和大熊猫一样稀有吧？首先声明我在这方面有这么高的觉悟，真不是为了减肥，可能是因为从小家贫买不起的缘故吧。出生在“十年动乱”后期的我，家庭物质条件匮乏，在记忆中，倒点酱油加上猪油拌饭就是令人垂涎的人间美味了。那时候肉是珍贵的，限量供应，须凭肉票购买，所以很少吃。因为饭菜油水少，每天一大早我就嚷肚子饿，直奔厨房。那时候奶奶已经很老了，驼着背在灶间忙碌，看到我总是笑眯眯的，脸上的皱纹一条条舒展开来。奶奶打开热气腾腾的饭甑，用手捞起一大块已蒸熟、滚烫的干饭，飞快地揉成一个椭圆形，（奶奶有一双神奇的不惧高温的手）口里一边吹着气降温，我眼巴巴地看着，咽着口水。奶奶小心地吹着饭团，直到不会烫手了，才慈爱地递给我。我飞快地接过来，塞进小嘴猛咬一大口。奶奶伸出粗糙的手，摸着我的头，笑呵呵地说我是馋猫。而今奶奶早已作古，可是我仍然经常在梦里清晰地看见奶奶伸出那像树根一样粗糙、布满老茧的手，递给我热腾腾的饭团，仿佛还能闻到米饭的幽幽清香。

感谢那段清贫的日子，使我对生活持有一颗平常心。虽说现在零食五花八门，包装精美，色香味俱全，但是我仍然没有习惯去尝，心里最怀念的还是奶奶亲手做的饭团，虽不能登大雅之堂，但在那贫穷的岁月里，它洋溢着浓浓的亲情，带给我很多欢乐和满足。

# 两小无猜

和着国庆的热闹气氛、碧清同学的热心张罗，阔别 26 年之后，我们小学同学又聚在一起。班级 46 人实到 14 人，因年代久远，很多同学已经杳无音信。见面的刹那，总是有种熟悉感，很想脱口而出叫出名字，却总是差那么一点点，记忆似乎变得脆弱，只有依稀那么些许片羽，经常浮现脑海。

## 小闺蜜

因母亲是医生，从小在医院职工家属区长大，有一个特别好的朋友小青，还记得她小时候的样子：圆脸盘、齐齐的刘海儿、大眼睛、鼻子略扁。我们经常在一起“跳房子”、踢毽子，有次一起玩荡秋千，我和另一个孩子一人抬头一人抬脚，荡啊荡，没抓住，把小青摔到地上，把漂亮的头箍摔裂了，内疚了很长时间。小学毕业之后就没再见过她，这次也未如愿，心里还挺想念呢！

## 青梅竹马

医院职工家属区有个小男孩，大大的眼睛，瘦小的个子，和我从幼儿园起成为同学，经常手拉手一起去上学。他母亲是幼儿园园长，很慈祥。记得有一次在教室里一起吃西红柿，我把新买的白衬衫弄脏了，还哭鼻子。2011 年高中同学年级大聚会时见过一面，大眼睛小个子依旧，戏称是“青梅竹马”，他爽朗地笑着说：“那时候真不懂事！”现在他已经是一家上市公司的区域老总了，经常西装革履，我却总想起他挽着袖子捞蝌蚪的顽皮样子。

## 樟树虫

萍儿曾是小学的班花，同学聚会时一见到旁边这个又黑又壮的男生就开始投诉：“你是阿辉吧，对，就是你，和我同桌，小时候老爱在我的文具盒里放樟树虫，每次一打开文具盒，看到毛茸茸的虫子，吓得我尖叫，而你就在旁边大笑！”我们大伙都乐了，这个阿辉小时候可是出名的淘气包，经常惹是生非，瞧，少不更事，把人家的童年都烙下阴影了，没想到今天会在这算总账。

时间在悄悄流走，不经意间已经小学毕业二十多年了，虽然许久不见，可是彼此亲切依旧，共同走过的纯真美好岁月将

1982 年小学二年级全班同学留影

永存我们心间。翻出三十年前的照片，记得那天刚好是“六一”儿童节，全体同学看完电影再一起照相，很多同学还戴着小红花呢！（今天到场的某些同学还嘀咕自己没戴上，觉得很遗憾）仔细和三十年前照片相比较，其实大家样子并没有太大变化，只是一个缩小版和放大版的区别，两张照片放在一起观察岁月的痕迹，很有趣，更有很多感慨涌上心头。

# 情系故里

每每接近年关，心就急切地向着远方的家乡了，那儿有白发苍苍的父母，其他至亲的家人和淳朴热情的同学们，长期离开家的人刚到老家时总觉得有点手足无措，有点不适应这么热闹的氛围（其实家本应如此）。家乡的情结里还有那座老房子，大大的院子，小黑狗屁颠颠地跟在我后面，嘎吱嘎吱响的木板楼梯，八十岁的老奶奶急促地叫着“萍子，快吃饭了”，还有夏夜坐在葡萄架下乘凉，伸手就可以摘到甜甜的葡萄……老家记载着我的青涩年代，还有青苹果般的美好回忆，只是这一切随着城市拆迁永远尘封在岁月的深处了。

总是忘不了那年，在阔别十年后重新踏上家乡路，我发现老房子不在了，奶奶作古了，找不到回家的路，接通父母电话后费尽周折才找到新家。徘徊在陌生的门外，我迟迟不敢进门，意识到心中的遗憾已经永远无法弥补，那种痛如针刺般扎在心头，至今仍刻骨铭心。没有了老房子，回家的感觉总是无法那么酣畅淋漓，总有一种淡淡的惆怅无法释怀，但是每年还是挡不住那份回家的热望，期望中失望，年复一年。

# 飞哥省亲

“萍妹”，冷不丁接到一个电话，我正纳闷哪里又冒出一个哥，电话里的人自报家门——“我是谢远飞”。脑子在迅速转，浮出了一张胖乎乎的脸，原来是飞哥。好久不见，这次他要带着太太和三个小孩（真是人丁兴旺）来厦门玩，指定要住能看见大海的酒店，原来粗线条的阿飞也有浪漫情怀呢！旅游旺季到处客满，总算找到厦门会议中心酒店。本着利用一切可以相聚的机会之原则，我们准备把规模稍微扩大一点，把在福建能联系到的同学都叫上，晚宴订在滨北牡丹大酒店。

晚上六点左右，先进来仨哥们，带头的一个男士戴眼镜，书卷气十足，微微发福，声音洪亮，进门就叫我“刘董事长”，我愣了一下，脑袋转速跟不上。后面的继春介绍，这是刘云（绰号“小鸟”），当了副教授确实不一样，不仅是高中同学，还是厦门大学校友，变化很大，领导的气场十足，看来当个主任、校长不在话下。接着是钟宝元，很瘦，斯文如其教师职业，有二十年不见了。继春还是老样子，踌躇满志，聪明的脑袋愈发锃光发亮。我们等了一个钟头，飞哥姗姗来迟，据说现在成功男士在镜子前花的时间不少于女性，理解万岁。为了体现接待的高规格，我和小鸟到酒店大门口迎宾，让飞哥享受博导待遇。等啊等啊，终于来了一个“江湖老大”，肉墩墩的脸，弥陀佛似的肚子，手里抱着一个胖小子，后面跟着的两个女孩像小皮球似的蹦跳着过来，“版权”一看就知道非飞哥莫属，太太倒是娇小可人。

虽然大家久未谋面，可是老同学总能一见如故，把酒言欢，总能找到话题的燃点。我们谈到班里文学青年扎堆的《绵江报》：小鸟当时是主编，是我的顶头上司；余俊、解发还有春朗是骨干成员；还有我们女生半夜起来送俊斌同学去当兵等等事情。高三五班从来不缺故事，大家的回忆把我带回了那个青涩年代，很多关于同学们的记忆慢慢清晰。伴着热闹的气氛，我们干了一杯又一杯酒，阿飞喝酒有军人范儿，豪气冲天，一人包下了四斤红酒。小鸟也喝了不少，嗓门越来越大，和继春叫板，把桌子摔得啪啪响，让我看到他率性的一面。宝元静静的，喝酒也不少，夹在小鸟和继春唾沫横飞的中间，默默地忍着头上毛毛雨。席间接通了在福州的同学九九的电话，她盛情邀请我们组团去福州看她，气氛这么热烈，我们当场决定第二天坐动车去福州。

我们一行八人浩浩荡荡坐第二天下午五点左右的动车，一路欢声笑语，一个多小时车程一晃就过了，到福州时已经晚上七点，天色已黑，热浪依旧。九九安排了一部九座面包车正好容纳了我们庞大的亲友团，直接把我们拉到了福州市五一中路的荣誉大酒店，豪华五星级，看来九九这次舍了血本。九九和家人已在包间等候多时，用最灿烂的笑容迎接我们，阿飞一见她又是“萍妹萍妹”叫得欢，原来“萍妹”不止我一个呀。菜肴相当丰盛，香格拉红酒醉人，更令我们心醉的是那温暖的友情。我们还分享了钟同学当年传女生纸条上的一句诗：“女人是本书，男人是阅读者，我愿是那阅读者，去翻开你心中的那本书。”令我们捧腹大笑。席间还接到赖班长等同学的祝贺电话，把我们的聚会推向了一个又一个小高潮。

相聚的时候总是太短，离别的时候马上就要到了，我没忘了“售后服务”，问飞哥对我们有没有意见，有意见要提，让我们有改进的空间。飞哥笑得眼睛都眯成一条缝：“OK，没有意见，非常满意!”飞哥福建省亲游圆满结束。

# “五星大厨”

家中请阿姨的历史很久了，因为上班很忙，因为有小孩要照顾，还有买菜、煮饭、打扫卫生、接送孩子等等一堆的家务事，几乎无法想象没有阿姨日子该怎么过。这种严重的依赖性也造成阿姨在我们家身份尊贵，我经常戏称她在家里享受书记待遇，简称“罗书记”。终于有一天骄傲的“罗书记”挥挥手一走了之，遍寻不到合适的阿姨，我被推上了厨房前线，成了名副其实的“菜鸟厨娘”，仓促上阵，只能自学成才，走过了一段坎坷之路。

## 蒸肉饼

女儿爱吃肉饼，我心里想，这不是小菜一碟吗？把肉剁成肉末，加上地瓜粉、葱、调味料，上面打个蛋，隔水蒸就 OK 了。一切进展得非常顺利，蒸肉饼的过程中我接了一个电话，“煲电话粥”忘记了时间，突然闻到了一股焦味，大事不好，赶紧冲到厨房，锅里的水已经烧干了，肉烤焦了，还在嗞嗞响，像街头的烧烤一样。那口锅已变得面目全非，通体焦黑，冒着黑烟，吓得我出了一身冷汗。后来刷锅费了九牛二虎之力，还是像木炭一般黑，无奈只好把整口锅给扔了。首次试水，牺牲了一口锅，损失惨重。痛定思痛，后来每次要蒸煮食物时，我都习惯性设好定时器，方法很管用，自此没有再买过新锅。

## 切板栗

回老家，亲戚送了一篮龙南板栗，听说这是当地名产，个大饱满、香甜可口。临走时，父亲有些担心，特地交代我煮板栗要先把板栗切十字刀口，大火煮开后一会起锅，这时剥壳去皮就会快，然后再和排骨一起煲汤。回到家，开始依葫芦画瓢，拿一把刀，开始切板栗。工作没有想象那么容易，板栗外壳很硬，着力面积小，很难切十字刀口，切到第五个的时候，刀一滑，手一阵剧痛，鲜血马上冒出来，惨叫一声，跑出去找碘酒消毒。先生闻声出来，了解缘由后，一边给我缠创可贴，一边窃笑："板栗怎么能这么切，这样肯定出事，博士怎么会切板栗呢？哈哈。"我有点恼羞成怒，开始反击："我就是没有煮过板栗，自学成才容易吗？再笑我可要翻脸了！"后来先生示范刀功，他的方法就是一刀砍下去，板栗应声切成两半，动作粗鲁暴力，和父亲传授的方法虽不同，但干净利落，我喜欢，"不管白猫、黑猫，抓住老鼠就是好猫"。这种方法沿用至今，所以我们家吃的板栗都是半球状的。

## 芋头去皮

那天，朋友送了一袋芋头，女儿爱吃芋子饭，所以我想亲自煮香喷喷的芋子汤，首先要给芋子削皮，像这种有皮的菜，通常都像削土豆一样去皮处理。芋子可比土豆麻烦多了，表皮坑坑洼洼，还有很多碎毛，费了九牛二虎之力削干净了，洗手的时候，双手奇痒无比，好像皮肤下有千万只蚂蚁在咬，坐立不安，用洗手液、洗洁精洗手也无济于事，手上还冒出一片一片的小红疙瘩，可能皮肤过敏了。感谢万能的网络，网上一搜，像我这么“菜”的人还真不少，原来芋子含有一种碱性物质，直接接触会造成皮肤过敏，要解决这个问题也不难，用醋泡手（酸碱中和原理），或者在火上烤，为了加快进度，我双管齐下，用醋泡手后再靠着火烤，方法果然奏效，手马上不痒了，意外的收获是醋泡过的手特别嫩滑，好似刚做完美容保养呢。“吃一堑长一智”，如今处理芋子时我知道要戴上手套了。其实煮芋子方法很简单，水煮开后去皮方便快捷。

自从掌勺以来，我已经从“吃货”华丽变身为“大厨”，现在到酒店尝到好吃的菜品，会琢磨怎么做，然后在家里试验；到别人家做客，喜欢陪在厨房顺便拜师学艺。对我而言，厨师学是一种介于经济学（菜篮子工程）、数学（食物和调料的准确估算）、消费者行为学（重视需求）、营养学（懂得膳食的营养保健功能）、美学（色香味）等多种学科基础上的边缘学科，既是科学又是艺术。一路跌跌撞撞走下来，现在的我已经是个相当不错的“厨娘”了。“招牌土豆”是女儿的最爱，我还擅长煮各种鱼，红烧、清蒸、煮汤（因为我和女儿都爱吃鱼，属猫的，钻研煮鱼自然是头等要务），家常菜、煲汤已经不在话下，家人评价已经达到“业余五星级大厨”水平（有溜须拍马的嫌疑，不可较真）。只要我在家，家人很有口福，除了正餐外，还供应甜点、果汁、各种养生汤。很有生意头脑的女儿除了自己想开个“团结宾馆”外，经常怂恿我，不当老师了就开个餐厅吧，童言无忌，说明我可能具有做大厨的潜能，还能以此为生呢！

现在回想起来，以前竟然把厨房重地完全交给阿姨打理，有些可惜。我很认同毕淑敏在她的文章里所说：“我喜欢会做饭的女人……一个不爱做饭的女人，像风干的葡萄干，可能更甜，却失了珠圆玉润的本相。”《大长今》里一段台词印象颇深，“调理膳食是带着深深的诚意的，吃饭的人脸上浮现幸福的微笑是一个小小的心愿”，我亦深有同感。如果你问我，家的感觉是什么？我想除了有一盏灯在为你守候之外，应该还有家人灿烂的笑脸，一桌冒着热气的香喷喷的饭菜，这样的家才是具体生动的，才有热乎乎的温度。所以不管多忙，女性都要抽出时间，传承祖辈传下来的天职和手艺，诚心诚意为家人精心准备健康美味的菜肴，相信备膳的人和用膳的人心中都会洋溢着满满的爱，幸福其实就是这么简单。

# 但愿人长久

傍晚，惊闻北京的朋友张警官已于昨天离去，她是朋友中唯一的女军官，印象颇深。记得初次见面的时候，她身着戎装，但和想象中的女军官不同，眉清目秀、身材娇小，似乎和江南女子无异，只是眉宇间有种英气逼人，令人肃然起敬。

她在厦门待的时间不长，当时她是由部队派到地方负责一些事务。她很上进，还在厦大读研，正好和我先生同班，又碰巧同组，见到我先生她就热情地叫“组长，组长”，从那时起就成了朋友。她对我们颇为关照，行事风格颇有北方女生的干练豪爽，两年后又调回北京，联系渐少。

2009 年全家去北京旅游的时候，打了电话给她，她盛情邀请一起吃晚饭。北京城市大，交通拥堵，足足走了两个多小时才到约定的酒店，她已在酒店大堂等候多时，灿烂的笑容，大大咧咧的嗓门依旧，只是面色苍白，形容憔悴，原本娇小的身子衣带渐宽，似乎更加瘦弱。她只是轻描淡写地说，做了个小手术，刚刚恢复。曾经好酒量的她当晚却滴酒未沾，为了不扫兴，她带了几个部队的朋友陪我先生喝酒。餐毕，在酒店门口，她摸了摸我女儿的头，笑着和我们挥手道别，不曾想这就是我们最后一面了。现在回想，她当时已经身患重病，动完大手术后元气大伤，还是撑着病体招待我们，非常重情重义。听说她后来病情加重，住院治疗了很长时间。2012 年 8 月，先生去北京出差拨通了她电话，她说在外地出差，其实那是个善意的谎言，当时她已经病入膏肓，却始终没有透露半句自己的病情，作为一个爱美的女性，她也许不愿让朋友看到自己的病容，为自己担心。

生死无常，甚至来不及说声谢，道声别，鲜活的生命瞬间凋零，令人扼腕痛惜。作为同龄人，不由心生许多感慨。但愿人长久，能回报父母的养育之恩，让他们安享晚年；但愿人长久，有情人能终成眷属，执子之手、与子偕老；但愿人长久，能陪伴孩子成长，直至他们羽翼丰满，可以经受住生活的风雨；但愿人长久，梦想都可以实现，人生的价值可以最大化……所以请珍爱自己和身边的人，也请仁慈的上苍耐心等候！

# “战地”访友

## “战地”旅游

长假期间抽空到金门去看望久未谋面的朋友。随着两岸的开放，现在前往宝岛台湾便利了很多，几年前去的时候还需要随旅游团，现在开放自由行了，手续上也简便了许多，免签证，去的时候从厦门东渡码头坐渡轮，大约四十分钟就到了金门，还没出站台，金门的朋友荔枝就在栏杆外招手，就像到隔壁邻居家串门一样便捷。

金门原属海防前线，曾号称有十万部队驻扎，防备森严，所以这边到处可见战壕，炮楼，比如马山坑道、翟山坑道、狮山坑道，而今硝烟散尽，成为“战地”旅游观光胜地。

去金门必去马山观测台，据说这里是距离大陆最近的地方，沿着幽暗的坑道，头顶和四壁都是花岗岩，可见当时的挖掘工程之艰巨，地道里潮湿阴暗，当年阿兵哥生活在这里，日子想必很艰难。马山坑道的尽头有一间观测台，上面有四座望远镜，对面就是大嶝和小嶝岛，一水之隔近在咫尺，当年蒋介石经常在这里遥看大陆，心情应该五味杂陈吧。走出坑道，外面就是海，沙滩与厦门无异，沿着海岸线布着一圈倒钩状物体，听说是用铁轨制成，具防御功能，目的是防止对岸船只靠岸。在海边漫步时，看见对面有一艘轮船慢慢行驶，没有靠岸又缓缓离去，朋友说这是厦门的“海上金门游”项目的船只，很多外地的游客到厦门鼓浪屿游玩，还会顺便坐上金门游的游船来近距离看看神秘的台湾金门岛，只是他们不能上岸，只能近距离地看看，满足一下好奇心罢了。

长钩子的金门沙滩

## 休闲民宿

这次来金门，朋友安排住在古厝民宿，别有一番风情。房子颇有印尼风格，推开矮矮的木栅门，院子里有一口井，井水清冽爽口。走进门厅，墙上装饰着印尼的蜡染布，上面错落地挂着颇具土著风格的簸箕，正对面靠墙是一张古朴的桌子，描金画凤，桌子上放着神龛，当地人都有拜佛的风俗。房间保留着民居的原始风貌，两扇木门上面各镶着一个大圆环，锁门时要把两个环串起来锁。金门朋友介绍说这里民风淳朴，治安情况很好，颇有“路不拾遗，夜不闭户”的唐朝古风。晚上休息时，我们还是习惯推上门后的大门闩，在这里，门上、窗户上到处可见这种木闩，闩门的时候很费劲，发出很大的声响，有着浓郁的乡野气息。民宿的房间干净整洁，和酒店的房间相比有点狭小，但“麻雀虽小，五脏俱全”，设施齐全。据说这里刚拍完一部偶像剧，所住那间正好是电视剧中男主角的房间。电视剧播放的时候我一定要看看，感觉肯定特别亲切。

## 金门郎

豪爽、淳朴、热情的金门人令人如沐春风，如瓜哥、老钱、乃泉哥、小黑、火盛、豆腐兄等等。到金门的当晚，呼朋唤友，来了二十几个朋友。我们刚进屋，一个胖胖的蔡姓朋友（绰号“瘦子哥”）和朋友翁小姐迎上来，很随意递上两瓶金门高粱酒，据朋友说这两瓶酒不一般，有几十年历史了，是顶级金门高粱酒。拿回酒店时，当地人都觉得很稀罕，纷纷要鉴赏一番，听说有价无市，市面上已经买不到了。

此次金门自由行，有三位朋友给我留下特别深的印象。

第一位朋友当属最早认识的荔枝了，他是金门鼎鼎有名的厨师，当年服兵役时是炊事兵，现任台湾地区领导人马英九先生也曾光临他的餐厅。招牌菜之一蚵仔煎，金灿灿的外层蛋皮，包裹着清甜的海蛎，上面还铺了一层酸甜酱，入口顿时让人舌齿生香；招牌菜之二菠萝荔枝肉，新鲜菠萝切成两半作为容器，里面盛放荔枝肉、菠萝还有其他调味料，肉酸甜酥脆和着菠萝的果香，令人食指大动。到了金门一定要到他的店——金水食堂去品尝美食，就在知名景点得月楼旁边。

金水食堂

荔枝不修边幅，长年在海边的关系，皮肤黝黑，经常穿一件灰不溜秋的圆领汗衫，脚穿丁字拖，到厦门几乎每次都会找我们，每次来都要带上当地名产金门高粱和贡糖（金门有三宝：高粱酒、贡糖、菜刀）。金水食堂刚好在著名景点旁边，附近没有什么店铺，所以生意很旺，如果没有提前订桌的话经常一位难求。我们到金门的第二天，正逢周六，正是游客多、生意好的时候，他却说要休假，关门歇业，当导游带我们出去玩。我们劝了许久，可他还是执意要停业一天，美其名曰“平时也没空陪老婆孩子”，然后开车举家陪我们去马山。途中闲聊时我说起喜欢吃台湾的水果，中午休息过后，他和太太又拎着一袋水果到我们住地，自始至终少言寡语，但是举手投足都洋溢着乡里人质朴的热情。

第二位朋友姓苏，他是金门荣民处的朋友，认识他已多

和金门朋友留影

年，但都是通过电话联系，未曾谋面。先生奉母亲遗愿，耗时十几年，历尽千辛万苦寻找早年随国民党部队到台湾的舅舅（当年才十七岁），通过朋友认识了苏先生，从他那里了解到舅舅的一些宝贵信息。2008 年我们去台湾旅游的时候，终于在台北找到了舅舅家，可惜他已在两年前离世，留下舅母和表弟一家，这可能也是他们那代人悲剧的缩影：很多人年纪轻轻去了台湾，至死都没能等到叶落归根、重返家乡的那一天……

这次来金门，自然要感谢苏先生，当晚打电话约他一起出来聚会，不巧他那晚值班没空。第二天（周日）一大早，他就打电话给荔枝，说中午请我们吃饭，当时我们觉得这种安排不合情理，怎么说也应该我们请客才合适。荔枝自告奋勇说会先去买单，所以我们就欣然赴约了。到达酒店的时候，他和太太已等候多时，初次见面，有点吃惊，他穿着一件白色背心，光着膀子，下着休闲短裤，只有那副金边眼镜让我找到了他作为公务员形象的感觉（这是休息日，自然穿得比较休闲）。他点了一大桌菜，喝了点金门高粱酒后满脸通红，特别健谈。吃完饭，荔枝小跑着下楼去买单，结果柜台小姐告诉他，苏先生早就买过了，苏先生两手交叉站在旁边，爽朗地笑着，说："以前在大陆看大家面红耳赤地争着买单，有的都快争到马路边上去了，我今天点完菜，就顺便把单买了。"没料到他下手买单这么快，我们只好恭敬不如从命。临别时，他还送了两瓶金门高粱酒给我们，此次见面我们又吃又拿，心里觉得很不厚道，但金门人的淳朴热情可见一斑。

还有一位罗姓朋友，他住在小金门，是金门好友的朋友，受托在小金门做我们的导游。大金门到小金门岛坐渡轮只需二十几分钟就到了，一下渡轮，看见一辆黑色轿车开到码头路口中间，车窗探出一张脸向我们灿烂地笑着，只见他身着花衬衫，皮肤粗糙黝黑，扎着马尾辫，头发花白（台湾人似乎都不爱染发，让白发顺其自然地生长），乍一看有点侠客范儿。轿车有些旧了，车厢内很闷热，朋友在问：这空调坏了吗？他笑着说："这车也是借朋友的，拿来开着就走了，没研究怎么操作。"朋友只好自己动手，终于把空调开了起来。他带着我们把整个小金门岛转个透，这里到处绿意葱葱，种着当地名产高粱和香芋。到小金门一定要去烈女庙进香，它是小金门鼎鼎有名的庙，很多人慕名而来，据说很灵验。临走时朋友还带我们到他住的那个村子，就在码头边上。那个小村子的人都姓罗，村前有一座妈祖庙，前面还立着一座妈祖像，远处的山上正在建造一座巨大的妈祖雕塑，听说正在建妈祖公园。罗姓朋友说他现在独居祖屋，做过很多行当，什么都会做，唯独一件事不会，就是不会讨老婆。在他说这句话的时候，我特别端详了他的脸，看不到任何悲伤的痕迹，似乎很享受现在的单身生活，仿佛看到他扎着小辫，坐在码头边上钓鱼，怡然自得，特别江湖的感觉。

短短几天金门自由行给我留下了很深的印象，金门不仅有“三宝”，还有“三好”：山好，水好，人更好……

小金门朋友

# 伊拉克同学

读博士期间，认识了一个伊拉克同学叫 Aklas，她在人群中的识别度很高，有着明显的中东人特点：五官立体感强，浓眉大眼、高鼻子、皮肤白皙，一年四季都用彩色的大围巾把头颈裹得严严实实，穿一身鲜艳的长袍，身上飘着浓浓的香水味。在教室里，她属于很安静的一类，几乎没听到她发言过，后来才得知她语言能力欠佳，中文只会说简单的几个词，而英文水平也有限。

厦门大学博士生在入学第一年的时候都要上三门课程，分别为高级计量学、高级管理学和高级微观经济学，简称"三高"，课程性质是公共课，管理学院企管系各专业如财务、会计、企管、管科专业的博士生们合成大班一起上，所以我才有机会和不同专业、不同导师的 Aklas 认识。同学们大多对"三高"谈虎色变，听说三门课将分别由国内老师和国外老师授课，尤其是高级微观经济学和高级计量学两门课，过关难度很大，每年都有不少学生因挂科而最终延迟毕业，所以大家上课时都如临大敌，严阵以待。一开始我和 Aklas 没有直接交往，在外教的高级管理学的一次案例分析课上，我自告奋勇代表小组用英文做呈现，下课后 Aklas 找到了我，她称呼我为"Ping"，她说我英文很好，希望能在学习上帮助她。她坦言说听不懂高级微观经济学，在伊拉克上学期间数学基础不好，其实文科背景的我数学也比较薄弱，所以就和她说一起交流探讨。她开始频繁地出入我宿舍，俨然把我当成她的老师。用英文讲解生僻的经济学对我来说是很大的挑战，而她的高等数学基础几乎为零，英文基础也不好，在我讲解的时候，她经常要打断我问我一个单词的拼法，然后掏出随身携带的电子辞典，认真地找到那个单词，然后和我确认意思。有时候我就一个小问题讲解了很久，她还是无辜地望着我耸耸肩，说：“Ping，我还是不懂。”在我几乎崩溃的时候，她从容不迫地把包打开，拿出几颗糖递给我吃，可能她也知道中国有一句俗语叫“糖衣炮弹”，令人哭笑不得。她虽然很努力，但是进步不大，那年的高级微观经济学考试，听说有十几个同学没有过关，Aklas也名列其中，听说她的高级计量学课程也挂科了，所以最后她不得不延迟毕业。

伊拉克距离中国很遥远，放寒假的时候，她没有回国而选择待在厦门，我打电话给她，热情地邀请她到我家做客，她仔细地记了我家地址、公交路线，约好上午十点钟到。挂断电话，我突然想起她英文说不好，汉语又不利索，有点担心她是否能找到我家。九点五十分，电话铃响了，是Aklas，说已经在我家楼下，我下楼迎接她时，她正笃定地在那看四周风景，告诉我坐公交车过来很方便：先写好一张纸条，坐上公交车后拿给旁边的人看，中国人都很友好，一般都会提醒她到站下车。到家的时候，看到我女儿，她像变魔术似的从包里掏出一个漂亮的发夹还有几颗糖，说是送给我女儿的礼物。女儿也对异国风情的Aklas很感兴趣，围着她问东问西。我们聊起了她的家乡，特别关心她家乡的安全问题，常在电视新闻中见到伊拉克那边炮火横飞、动荡不安的情景，Aklas却淡淡地笑着说，伊拉克其实只是靠首都那边比较乱一些，其他地方比如她家乡那边还是比较安全。她也很坦率地告诉我，她已经三十多岁了，像这种年龄在伊拉克没结婚的很少，那边的女性念书的机会很少，像她这样有机会出来读博士的更是凤毛麟角，博士毕业后，准备重返家乡当一名大学老师。她张着纯真的大眼睛，始终微笑着。

到吃饭时间，我热情地邀请她一起共进午餐，她婉言谢绝了，说她是穆斯林，只能在清真餐厅用餐，对炒菜的锅有特别的要求，不能沾猪肉等荤腥食物，平时都在厦门大学清真餐厅用餐，偶尔也会自己在宿舍里做些简单的膳食。她执意要走，我只好送她到车站，她熟练地跳上车，向我挥手道别，在一群中国人中间，头上裹着围巾、穿着艳色纱裙的她特别显眼，引来周围的人纷纷注目，而她泰然自若，似乎已经非常习惯。

Aklas，在你身上我看到了伊拉克人的勤奋上进、勇敢坚强的优秀品质，你为了自己的梦想，克服重重困难，远渡重洋来到一个陌生的国家，我很钦佩你的胆识和勇气，也衷心祝愿你早日学成回乡，报效祖国，实现你的人生理想！

与伊拉克同学合影

# “末日”遐想

明天据说就是玛雅人推算的世界末日之期了，虽然这种“末日说”子虚乌有，但是不妨借这个时机整理自己的思绪。海伦·凯勒曾写过《假如我有三天光明》，那么假如明天就是末日，我将如何安排今天的日程呢？

早上，在太阳刚刚跃出地平线的时候，我会早早起身，迎接清晨第一缕曙光，深吸冬日的清新空气，居高临下地注视静谧安详的城市，每扇窗户里应该都有一个幸福的故事。简单的早餐后，我将抓紧做完手头的工作，包括整理书稿，批改学生作业，发送客户邮件……卸下工作上的负荷后，感觉一身轻松。

如果真有所谓的那张唯一的诺亚方舟船票，我愿把这生的希望给我亲爱的孩子，她是明天的太阳，具有无限的潜能，虽然可能没机会亲自陪伴她成长，但是我相信还有很多好心的幸存的人们会给她爱的关怀，帮助她健康成长。

我将逐一打电话给我好朋友们，虽然可能距离遥远，虽然因为忙疏于联系，但在我的心中，他们从未离开，我要感谢他们一路的陪伴，感恩他们带给我的温馨和欢乐。

忙完之后，我们会驱车千里回老家，和年迈的父母、至亲的家人在一起，大学毕业之后远离故土，和家人在一起的时日屈指可数，希望把握这最珍贵的时光。再大的灾难，只要有亲人的陪伴，亲情的力量，我将无所畏惧。

我绞尽脑汁在想：这辈子有什么很大的遗憾？似乎没有，原本就是一个凡夫俗子，没有什么轰轰烈烈的成就也不足为奇，虽然没能达到最好的状态，但是每天我都尽量过得安心、快乐，该尽力的我已经尽力了，谋事在人、成事在天，所以还是坦然接受一切吧，即使明天就是末日！

这个假设让我重新审视自己的人生，混沌之中有些豁然开朗，一辈子不长，我将更加关注生命中重要的人或事物，分配好自己的时间，努力让自己的生命更有价值；与此同时我也深刻认识到任何的情感都有期限，“天长地久”只是美好的愿望，要好好把握这个有效期，包括经常打电话给年迈的父母，多抽时间陪自己的家人，和朋友常聚聚，这许多的感情汇集在一起，人生才更有温度……

夜已深了，再过十分钟就到所谓的末日了，眼皮开始打架了，就当痴人说梦，还是睡吧，相信明天太阳还是会照常升起！

# 暖暖

你相信吗？每个人的温度是不同的，你可能不以为然，人当然有温度，没有温度还叫人吗？我指的温度是指人性格中的人情味。有的人是温和的，亲切友善、平易近人，明媚地笑着，带给你如沐春风的感觉；有的人热力十足，浑身散发着热情，有着灿烂的笑容、爽朗的个性、乐善好施，靠近的时候总能感觉火辣辣的温度，好比夏日的骄阳；有的人凉凉的，淡如秋月、有一些距离感、不苟言笑；而有的人冷若冰霜，骨子里透着傲气、拒人于千里之外，像冬雪一样寒气逼人。我们的身边有着各种各样的人，细细品味，可以感觉不同的温差，感受到人情冷暖。

我们都喜欢温暖的人。当我们陷入苦闷，情绪纠结，悲观失落的时候，他会微笑着来到我们的身边，给我们适时的鼓励，帮助调整好心情，积极阳光地面对生活；在我们陷入困境的时候，他会主动伸出温暖的手，想方设法为我们提供帮助，即使不能提供任何实质上的力量，听着他温暖的话语，心里就会暖暖的；当我们舟车劳顿来到异地他乡，他会等候在终点站，笑着接过行李，一起吃着热气腾腾的饭菜（不需要太奢华），喝一点小酒，在畅谈往事中度过美好的时光；每天忙忙碌碌，为生活奔波，他会经常发个短信，或者打个电话过来，让我们感觉到在这个世界上有人在牵挂着、呵护着自己；也可能他只是站在我们面前，用灿烂的微笑，清澈的眼眸，带来了无限的正能量，让我们感觉生活是美好的，人心是向善的，未来是充满希望的。

我很庆幸认识了很多温暖的人。大学期间体弱多病，有一次在上海同济大学医院住院长达一个月时间，家人很忙，没有人陪同。有一天，我正在寂寥地看着窗外，突然听到熟悉的声音，原来是俊平兄带着二流、长春组成了“亲友团”从广东千里迢迢过来探望我。听说没买到座位票，他们站了十几小时到上海。随后好友晓香也从外地赶到医院，“有朋自远方来，不亦乐乎”，那一刻我喜极而泣，十几年后的今天，仍然还能鲜活地感受那种亲人般的温暖。有一次，当我们长途跋涉，坐了四小时飞机来到新加坡，走出机场，热情的宗海朋友已在机场外等候多时，他笑着接过我们的行李，说着亲切的国语，让我们忘却了此时已在千里之外的异国他乡。细心的宗海甚至提早准备了三张充值好的地铁卡交给我们，方便出行。在新加坡期间，他百忙中抽空陪我们去圣淘沙、鱼尾狮公园、牛车水等新加坡知名景点玩……别以为这是一些稀松平常的待客之道，要知道新加坡是个相当西化的国家，而宗海朋友仍然保留着福建家乡热情好客的美德，非常难能可贵。还有福州的杨大姐，我女儿称她是“超六星级大厨”，每次要去福州给她打电话，隔着电话线都能感觉她的超强热度。然后从坐上动车开始，她的热线电话就开始追踪我们的行车路线，到她家照例是一大桌香气扑鼻的饭菜，肯定会有爱吃的鱼、荔枝肉、福州的大鱼丸，还有她最新研发的各种新菜肴。撑肠拄腹之后，大姐又会端过来一大杯现榨果汁，热情地让我们“继续战斗”。在她那，我的减肥计划通常只能搁置。记得有一次在她家住一个星期，活生生把一张瓜子脸变成了圆脸回厦门，可见“胖姐养猪场”的生猛威力。还有许许多多温暖的人：美朵、九九、瑞红、剑云、春朗、阿飞、继春、钟彬、水长、碧清、呆子、毅宇、曾明、同门兄弟姐妹……不胜枚举，每当想起他们都感觉很温馨快乐。

常听到有人在讲世风日下，人情淡薄，其实不必如此悲观，也许社会上确实有一些乱象，如尘土般遮住了我们的眼睛，但是仍要相信，每个人的心中都有美好信念和真诚善意。在一年暑假的一天，我带着我五岁的小侄女去公园玩，她是个活泼开朗的小女孩，有着狮子座典型的灿烂笑容。在路上即兴做了一个试验，我让她朝着走过来的陌生人微笑，大声地说“您好”，很奇妙，当路人面对面走过来的时候，本来都是面无表情、目不斜视，但在看到小侄女纯真的笑脸，听到她清脆的问好声时，他们的脸不由自主地生动起来，他们也微笑着回应“你好”，且夸她很可爱。这样的邂逅给这些陌生人带来了美好心情，其实制造温暖和感受温暖就是这么简单。

同样，成为温暖的人也不是件很难的事，不需要庞大的花费，也无须耗费很多的时间和精力，可以从生活中的点滴做起。释迦牟尼曾说过，我们可以从细微之处施善，比如颜施：用微笑与人相处；言施：多说鼓励的话、赞美的话和谦让的话；心施：敞开心扉，真诚待人；眼施：用善意的眼光看待别人；身施：给别人提供力所能及的帮助；座施：让座给老弱妇孺等等。

做一个温暖的人吧，常怀感恩之心，主动地关心和真诚呵护他人，慷慨地用你的温度奉献出更多的温情，让世界因你而更加美好，同样你也将收获更多的幸福和快乐！

# 第三章　两情若是久长时

爱情无法预设，
它自然而然地发生，
不经意地相遇，
双目对视，
火花如星空般灿烂，
我的爱，
原来你就在这里。

# 爱情的天平

那天，一个“80后”的女生聊起爱情，她说她的男朋友有学问，是博士，以后当大学老师，可是家里是农村的，家庭经济状况可能不佳，而且老家很远，以后回趟家不容易，这样的爱情不完美。我很佩服她的精明，能考虑到这些细节的问题。她在用天平来度量感情，量来量去，总是达不到平衡，世间能有几份爱情经得起天平的度量？有的人腰缠万贯，却斤斤计较；有的人学富五车，但却缺少情趣；有的人出身贫寒，却豁达上进，登上了事业的顶峰……天生禀赋和后天努力的差异，注定了每一个人都是独一无二的，不要试图在平凡的生活里寻找琼瑶式的完美爱情，一切脱离了感情本身而对物质问题的纠结都是舍本逐末的行为。

在这个问题上，我们应该要借鉴乌鸦的智慧，先在爱情的罐子里先选上几颗大石头，比如人品、才能、性格等，平日的相处就好比慢慢填进来的细沙，只有这样我们才能喝上爱情的甘露。至于出身好、长相佳、家庭状况好等等都是锦上添花的小石头，有更好，没有也不会从实质上影响你甜蜜的生活。

# 花之恋

对花的感觉源自电视剧《红楼梦》，几十年过去了，我一直难忘其中一个场景，在一片落英缤纷中，林黛玉扛着花锄，黛眉轻颦，姗姗而来，响起“今日葬花人笑痴，他年葬侬知是谁”歌声，那凄凉悲婉的画面和着婉转的音乐，令人动容。自此相信花和人的感情其实是可以相通的，花不在乎名贵，但要切合心情，而与花有种共鸣甚至心灵的交流是件很愉悦的事情。

在上海读大学的时候，很爱到集市去买花，插在宿舍的窗台，花儿迎风起舞，为简陋的空间平添几分灵气。我喜欢白色和粉色的康乃馨，干净纯洁如天真少女；喜欢开着粉紫小花的“勿忘我”，温馨的名字代表着一种善良的愿望，一辈子能被恋人“勿相忘”，将是一种甜蜜的幸福；还有天堂鸟，它总是仰着高贵的头，呈现展翅高飞的姿势，似乎随时要腾空而起奔向天堂，但是这种花价格很贵，只能偶尔买上一朵。还记得有一种花叫十三太保，名字听着有点恐怖，但其实花还不错，明艳动人。那时候我还收藏了平生第一朵玫瑰花，虽干枯了仍不舍得扔，夹在书中间，尽管没有爱，但却是一种情感的信物，爱与被爱是两种不同的感觉，但都是圣洁的，值得珍惜。

因为向往蔚蓝的大海，我千里迢迢来到海滨城市——厦门，意外邂逅了美好的感情。在一个明媚的春日，心血来潮要送花给男友，我鼓足勇气，抱着一束玫瑰花从火车站坐公交车去厦门大学。我路不熟，方向感又差，坐上火车站到轮渡的车后，需要在中山路下车换乘轮渡到厦大的公车，可是下车后，稀里糊涂跑到马路对面坐车，结果又坐回到火车站了，最后男友打车到火车站附近把迷路的我领回来。再后来男友升级成了先生，这件“丑事”也被他笑话了十几年，当他在朋友面前说起这段往事的时候，总是眉飞色舞、得意忘形，让我有点难堪，但想到恋爱中的女生捧着一大束玫瑰，穿行在城市中，本身就是种美好的风景，不觉释然。

自此我们和玫瑰花结下了不解之缘，世间各种花琳琅满目，姹紫嫣红，但先生固执地认定玫瑰花是他的最爱。在每一个有纪念意义的日子，结婚纪念日、生日、七夕、情人节甚至三八妇女节，他都会送我一大束玫瑰花。有一年情人节那天(其实那时我们已经结婚了)，五元钱一朵的玫瑰花，他一口气买了九十九朵，送到了办公室，然后被办公室的女孩全部瓜分了，连洗手间也插了几枝，空气中都散发着玫瑰花的味道。经常步行经过住家附近那家花店，憨厚的店主每次见到我都点头哈腰，笑容可掬，受此礼遇，想来我们家应该是他们店 VIP 级别的大客户吧。虽然我有时候暗示先生能不能送点稍微有创意的礼物，可是先生依然故我，年复一年送着大红的玫瑰花，大概认定只有它才能代表他的情意吧？而坚持十几年送玫瑰花也是他迄今为止做过的最浪漫的事了。

花是我们身边随处可见的风景，经过十字路口，街头绽放的三角梅向路人无声传递着生命的热情；站在窗前，院子里的桂花树，散发着浓郁的花香，和我们亲密交流；走在乡野，路边草地上各种不知名的野花竞相怒放，虽然身份卑微，虽然明天可能将化作泥土，但是它们依然一丝不苟地尽情绽放。花儿无论贵贱，颜色无论深浅，花瓣无论大小，都展示着大自然的蓬勃生机，传递着人间的真情，渲染着生活的多姿多彩。人亦如花，不管顺境逆境，不管贫富贵贱，都要积极向上，用我们的青春抒写美丽的人生，让世界因我们而美好！

# 上帝的小窗

在人生的长河中，有相聚，也有分离，珍惜所拥有的，不要轻言放弃；而离开的，我们要洒脱地挥手告别。“God certainly opens a window at the time of closing a door”（上帝在关上一扇门的时候，一定会打开一扇窗），你所要做的是坚持心中的信念，做最好的自己，无论有多艰难，执著地寻找你生命中注定的那扇窗户。

阿宝，研究生的同学，个子高挑，皮肤白皙，大眼睛高鼻子，属于班里很养眼的美女，和隔壁班的一个男生成双入对。毕业后收到他们的结婚请柬，婚宴那天下午五点多，她急匆匆给我挂电话，要我带指甲油给她，没有涂指甲的手看上去不完美，我火速赶到酒店给她。婚礼很隆重，一袭婚纱的她宛如天仙下凡，粉色指甲闪闪发亮，才子佳人站在一起似乎很圆满。

有一天她突然打电话给我，求我一件事，想把档案寄存在我这，她说把大学教师的工作辞了，更令我意外的是她告诉我她已经离婚了，想换个环境，离开这个伤心的地方。至于离婚的原因，她坦言不是很清楚，男方给她的理由是性格不合（后来听说是男方的个人原因）。一个女生，决定放弃厦门优越的工作、安逸的生活和过去所有的记忆，心情该多么复杂。想到她孤零零地拖着一个大箱子，一个人去北方闯荡，我很担心，也很牵挂。去北京后，她偶尔会来个电话，或者短信，心境似乎很平和，恢复了乐观开朗的本性。

两年后，她打电话给我说她准备要结婚了，近日回厦门，约一起吃饭，地点在中山路的我家咖啡馆。在浓浓的咖啡香中，她介绍了身边的男士给我，敦实的身材，憨厚的笑脸，话不多，我坐在对面看着他帮她铺餐巾，切牛肉，翻煎鸡蛋，偶尔侧过脸微笑地看着她，很温馨。联想到几年前她仓促地逃离厦门，我不禁眼角湿润。生命中充满奇迹，现在的丈夫是她初中同学，在北京一家国企担任管理工作，她还曾是他的初恋，再次遇到他的时候，刚好他也在感情空窗期，不早不晚，他俩的结合似乎就是一个天意。虽然几经坎坷，但是她很庆幸终于找到了真爱，在她称之为“更新的生命”里，拥有了一个宁静的港湾。

人和人之间讲求缘分，这个社会充满诱惑，缘分尽了，该离开的自然会离开，与其仇恨、与其纠结、与其撕破脸皮，不如优雅转身。生命从来就不是一条直线，总是会有一些弯路、一些障碍、一些挫折。不断地寻觅、舍弃、攀登的过程，是成长必须付出的代价，而突破重重困难，羽化成蝶的幸福更加甜蜜而珍贵。看着她从网上发来的照片，天山脚下，她穿着洁白的婚纱，小鸟依人般依偎着新郎，笑靥如花，我知道她已经找到了上帝为她打开的另一扇窗！

# 遗失的“随缘”

到厦门后，每当心情很浮躁的时候，很喜欢到厦门大学隔壁的南普陀寺走走，袅袅的青烟、浓郁的香烛味、缥缈的颂经声、虔诚的香客组成一种特别的氛围，可以让人忘记尘世的烦恼，想来我是个有佛缘的人。

有段时间非常忙碌，我经常在晚上九点多才离开厦大宿舍回家，匆匆经过南普陀寺，听到悠悠的晚钟时会驻足静静地倾听，让灵魂得到短暂的洗礼，然后心满意足地回家。那天下午从厦大管理学院出来，心里有些迷茫，不觉又来到南普陀寺。半年多没来，南普陀寺变化很大，没收门票了，烧香只能在门口的大香炉里。殿堂里清新干净了很多，菩萨都换了新装，金碧辉煌、端庄肃穆。我虔诚地拜拜，祈求他们赐福所有我爱的人们，每次都要专程到珈蓝殿拜见珈蓝菩萨，因为之前曾请殿里的僧人帮我诵经，点了长明灯，所以特别亲切，照例许愿，然后掷“信告”，红色月牙一个向上，一个向下，仿佛在灿烂地微笑。希望虔诚被接受，心愿被上苍听到，也许上苍真的能体察民情，指引方向。

把殿里所有的菩萨拜完之后，我起身去找那两块牌匾，一块写着“无我”，一块写着“随缘”。第一次参观南普陀寺时就喜欢上了这两幅字，以前相对挂在两侧偏廊，今天殿里还在装修，原来挂的位置没有它们，心里很着急，四处寻找，终于在上面靠近庙里宿舍的门口找到了那块“无我”牌匾，不禁笑了。“无我”是内心的境界，若内心浮躁做不到“无我”，即使守着匾也无济于事。可是那块“随缘”牌匾真的不见了，我在殿里仔仔细细、上上下下找了很多遍都未果，心里怅然若失，哪里去了呢？突然一想，缘分本是天注定，何必寻找，欣然接受命运的安排吧，这可能是“随缘”的本真内涵所在，恍悟后朝空而拜，释然离开。

# 梦中的海

一个阴雨绵绵的下午，和朋友小晴相聚在咖啡馆，在咖啡的浓香和青烟中，她款款聊起了她的爱情。当时她在北方上大学，毕业那年，她正苦思冥想未来去哪里发展。她展开地图，目光落在了那片海，锁定了厦门这个美丽的海滨城市。想象中的厦门有无垠的大海环绕，有葱郁的山峰，挺拔的棕榈树，一个人在海边漫步，海那边挂着一轮橘色的落日，远离大城市的喧嚣，寻找到心灵的宁静，该是种多么浪漫的情景……满怀憧憬的她毅然飞往厦门。

刚到厦门的时候，常去看海，海以她的浩瀚胸怀和强大的生命力震撼了她。躺在沙滩上，微合着眼，听着海浪的呢喃和海鸟的鸣叫，回忆变得很遥远，她与这天、海、沙滩融为了一体。这海的呼唤肯定在她的梦中出现过，所以她那么迫切地奔向这里，沐浴在美丽鹭岛的阳光下，在这儿找到了家的感觉。

因为海，她认识一个男孩，他有着不同性格，不同的经历，但是如兄长般亲切。经常中午的时候，他会带上盒饭，开着车带她去海边，他们坐在海边吃盒饭，看海上的小船随着海浪轻轻地摇，或者一言不发，静静地吹着海风。有时他会讲起海的那边住着他的叔叔，十几岁的时候随着国民党的军队撤退去了台湾，从此杳无音信。想亲人的时候，他经常到这里看海的对面，似乎能感受到亲人的存在。他们在沙滩上，慢慢地走，走出了两串长长的足迹。

一天傍晚，相约到厦门大学后门白城沙滩去看海，夜幕降临了，他们在岸边高处找到了一个凹陷的地方，可以舒服地俯瞰外面的风景。海滩上的人很多，大学生们在周围嬉闹着，情侣们依偎在一起窃窃私语，远处的海里扑腾着很多身影，对岸闪烁着星星点点的灯光。这个世界离他们很近，但似乎又很远，他们有独立的空间，可以畅谈人生和理想。枕着他厚实而温暖的臂膀，听着他低沉而有磁性的声音和唐老鸭似的笑声，看着他微微翘起的嘴唇，一种奇妙的情愫涌上心头，似乎两人已经相识多年，而她来厦门就是为了赶赴这失散多年的亲人之约。不知不觉，身边的人群渐渐散尽了，海边只剩下他们两个人，而她像只温驯的小猫，静静地被拥在怀里，似乎过了很久很久，足有一辈子那么漫长，直到海的那边升起了一轮红日，霞光四射，把海水染成了金色，勤劳的渔民摇着小船出海捕鱼，才突然发现他们竟然在海边度过了一个不眠之夜。而因为这个美好的夜晚，他们决定携手共度人生。

谈起这段往事，小晴的脸上露出了幸福的笑容，脸颊印上了淡淡的红霞。爱情就是这么奇妙，因为海的召唤，她来到了陌生的厦门，因为海的见证，她找到了幸福的港湾。虽然现在工作和生活很忙，没有时间经常专程去看海，但是厦门最美妙之处就在于，海在城中，城在海中，坐着车经常可以瞥见远处的海，如同随处可以遇见的老朋友般亲切，对海的爱恋已经和她的人生融为了一体。

# 宝贝请放手

如果有一天，你的恋人对你说："宝贝，也许有一天我们真在一起了，你肯定会发现我不少的缺点，所以保持一点距离，相互欣赏可能是最好的。"千万不要被那句"宝贝"的称呼迷惑，这只能说明他并未想和你"执子之手，与子偕老"。有时候男人的爱情和女人的减肥是一样的，只是说说而已，你需要睁大眼睛，用心去感觉，去伪存真。

当然可能有各种的原因导致他说这番话，比如说经济问题，他现在没有足够的经济基础，没有信心为你提供你想要的生活；或者他没有做好心理准备，担当不了丈夫的职责；或者由于家庭的原因，他的父母阻止了你们更进一步的交往；也可能你只是被定位为他的红颜知己，最好漂亮一点、聪明一点、浪漫一点，有点文采更佳，适合装点男人的面子，而现实的婚姻需要油盐酱醋，男人也需要安全感……不管什么原因，总之这个男人没有勇气或者信心给你幸福的承诺，所以这时宝贝你要毅然放手，即使心如刀割，但长痛不如短痛，否则赌上你的一切，你也未必能收获幸福。

# 随缘的智慧

闲时看江苏卫视一档火爆的相亲节目“非诚勿扰”，有一个男嘉宾，长相帅气阳光，出生梨园世家，是高校的男教师，博士学历，典型的“高富帅”。他在挑选心动女生时，环顾四周，淡定地按了“随缘”键，让主持人和观众都有些吃惊。点评嘉宾乐嘉老师一针见血地指出，这有两种可能，其中一种是台上的女嘉宾太好了，一时无从下手；另一种是台上的女嘉宾一个也看不上，随便选了。接下来，女嘉宾们对这样的优质男自然比较青睐，期间一个女嘉宾直接爆灯，表示无条件支持男嘉宾，会一直留灯到最后，另两个女嘉宾虽然没爆灯，但是也坚守到底。最后还请上了心动女生，四个女生站成一排，外形燕瘦环肥，性格或静或动，各有特点，似乎这个男嘉宾最终与其中一位女嘉宾成功牵手已毫无悬念。结果却令人大跌眼镜，他面无表情地鞠躬说了声谢谢，就孤身告退了。乐嘉老师的眼光令人钦佩，男嘉宾选“随缘”的真实原因应是乐嘉老师分析的后种情况，他所心仪的女嘉宾，那个“白富美”骆琦小姐不在台上，自然“满园春光皆失色”，这样的结局就在意料之中了。看来“随缘”有时是一件冠冕堂皇的外衣，或是一个可以优雅离去的台阶而已。

恋爱中经常可以看到这样的情况，爱你的人和你爱的人往往不是同一个人，正如一首歌中所唱“爱我的人对我痴心不悔，我却为我爱的人甘心一生伤悲……爱与被爱同样受罪”。

不少人面对这种困境时，不停地纠结为什么他（她）没有选择我而选择他人，为什么他（她）突然离开，是自己不够好，还是做错了什么，愁肠百结。而聪明的人从不在自己或他人身上钻牛角尖，会洒脱地说一声“随缘”，把所有的不如意归结到客观原因，因此可以迅速放下包袱，重振旗鼓寻找自己的幸福。可见“随缘”是一种生活智慧，珍惜自己所能够把握和拥有的感情，不强求、不纠缠，爱一个人的最高境界应是为对方找到幸福的归宿而衷心祝福，希望对方一生都能幸福快乐，即使这份幸福与自己没有任何关系。

由此可见，说“随缘”人可能会有两种情况：有一种人可能才高八斗、学富五车，或者腰缠万贯、挥斥方遒，总之拥有傲人的资本，但为了掩饰锋芒，他们拿“随缘”做华丽的衣裳，事实上仍用高标准、严要求在测量感情生活；而另一种人在经历情感挫折后，恍悟生活的真谛，以豁达开朗的心态坦然面对人和人之间的聚散离合。而我们普通大众要懂得审时度势，如果没有超常智商，超强耐力，还是当后一种人吧，他们才展现了“随缘”的智慧。人生很短，诚实面对自己，努力找到适合自己的那款“菜”，萝卜也好，青菜也罢，各有所爱，不为难自己和他人，彼此相安无事，一团和气，岂不更好？

# 一曲长舞

20 世纪 90 年代初上大学的时候，业余生活很单调，没有手机，宿舍没有电视，那时候电脑还在用 DOS 系统，没有微博，也没有动漫游戏，唯一喜欢的周末活动是到大学的舞厅里去跳舞。我就读的上海外国语大学女生比男生多，学校的舞厅也比较小，我和室友周末晚上经常去附近的复旦大学的舞厅，那里可以碰到上海各个大学的学生，听到不同学校的趣闻。有一次的经历至今难忘。

那是 1993 年的元旦前夜，在距离午夜十二点还差几分钟时，有一个看上去很干净朴实的大男生伸出手邀请，说了一句很有诗意的话："让我们从九二年一直跳到九三年好吗?"记得那时舞厅里飘着的正是那首《罗密欧与朱丽叶》钢琴曲，那种淡淡的浪漫和忧郁经常触动心灵。灯光很暗，跳舞的人不多，大家似乎都在等待新年钟声的敲响。那个男生声音低沉，但很诚恳，说他是大二的，第二次上舞厅，跳得不好。说实话，他跳得确实不好，基本舞步都不熟，我说没关系，随便跳，就当在散步。然后我们都没有说话，似乎怕打破那种莫名的默契。钟敲响了，新年来临了，四周的人们在大声欢呼，舞厅还放起了烟火，校园的"蓝月亮"摇滚队吼起了自编的重金属乐。我的心中充满了对新年的美好憧憬，甚至有点微微的醉意。那个男生低下头来轻轻地对我说"新年好"，在那一刻，我几乎流下泪来：过去很多人常这样祝福，但唯有这一次是那么的准时准点，而且是从一个陌生人口中说出。这种人与人之间的信任和无欲无求的真情深深地打动了我。我抬起头向他微笑，正想说点什么，突然一条人群搭成的列车冲过来，大家叫嚣着要冲进九三年，于是我们俩被冲散了，再也没有见面了。

偶尔会想起那次美丽的邂逅：一个陌生人给我的浪漫邀请，我们跳了一支长长的舞曲，从 1992 年一直跳到了 1993 年。我不觉得很遗憾，那一面之缘已经非常完美了，虽然不知道对方的名字，也忘记他的样子，但这有什么关系呢？重要的是，我们都对陌生人给予了信任，并被这种纯洁的友情所感动。

# 法国婚纱

每个女孩对婚纱都有着美好的憧憬，少女时候，常幻想着自己穿着洁白的婚纱，和白马王子缓缓步入教堂，在牧师面前说“我愿意”，在亲朋好友的祝福声中，幸福地交换戒指。1999 年的时候，和先生筹备婚礼，我们到各大影楼考察了一番，最后选择了中山路的一家，刚进店里一眼挑中了一款婚纱，长长的裙摆，细细的纱裙，上身缀着精致的蕾丝边，和我的梦中婚纱一模一样。我们和影楼谈好了拍摄套餐价，包括租借西式婚纱，结婚当晚的新娘妆以及一整套包括室内和室外景的婚纱照。婚礼那天为了搭配婚纱，我特地让花店做了一个精致的玫瑰花环戴在头上，站在酒店门口迎接来宾的时候，感觉自己变成了发光体，绚烂夺目、艳压群芳，虽然没能在教堂举行婚礼，但已心满意足。婚宴过后，影楼一直催促我们去拍婚纱照，因为工作忙而耽搁下来，天也渐渐冷了，加之那时经济比较拮据，所以我背着先生偷偷去影楼办理了退款手续。后来先生事业逐渐稳定，家里经济状况改善了，但是已无拍婚纱的心情了，所以时至今日，我也没有拍过婚纱照，留下了小小的遗憾。

生活按照既定的轨迹前行，接着又生儿育女，很多年过去了，忙碌的生活慢慢冲淡了对婚纱的憧憬。前年一个偶然的机会，我先生的朋友到厦门来，他为一家法国集团公司的福建分公司工作，旗下有一家婚纱店即将在厦门市的禾祥东路开张。

因为筹备匆忙，所以在申请营业执照和开店仪式宣传活动方面遇到了一些问题，找到先生帮忙。后来婚纱店顺利开张了，周末，先生很兴奋地把我和女儿拉到这家店去参观。店里的布置浪漫清雅，颇有法式风格，各种婚纱整整齐齐地挂在两边衣架上。据店员说，所有婚纱都从法国进口，面料质地确实很好、款式新颖、做工精细。我看着婚纱，想象着每一款婚纱都和幸福的美丽新娘联系在一起，不由得想起多年前自己的梦，心里怅然若失。先生似乎看透了我的心思，说要带我到楼上找法国设计师（也是这家店的老板）订制婚纱，他正好在上面等候，是个典型的法国人，身材魁梧、足有一米九的个子、蓝色的眼睛、鹰钩鼻、头发微卷，听说在法国设计界相当有名气。他很绅士地冲我点头致意，说了一句法语，我愣了一下说 sorry，他马上改说英语。他先仔细地量了我的身材尺寸，接着询问我对婚纱的要求，随着我的描述，他迅速地在一张白纸上勾勒线条，然后递给我婚纱设计草图，问我是不是心仪这样的款式。这让我非常惊讶，他具有很好的美术功底和表现力，简单数笔就把婚纱的特点都勾勒出来，确实具有法国设计师的国际范儿。最后他问还有没有其他要求，我说希望婚纱做好以后，要穿着它和设计师单独照一张合影，他咧开嘴笑着点点头。店里的助理随后给我办理了订制手续，我爽快地付了数千元订金。她告诉我因为婚纱面料、辅材和制作都在法国，所以需要 1～2 个月时间。我说没有关系，早就是已婚人士了，这件婚纱只是作为永久的纪念。

从婚纱店出来后，我又开始像少女一样憧憬着完美婚纱。一个多月后，婚纱店店员通知去店里试半成品，那个法国设计师不在店里，听说还在法国，她的助理热情地接待了我。可看到婚纱的时候，我吃了一惊，这件婚纱既没有蕾丝，后腰也没有蝴蝶结，马上告诉她，这不是我要的婚纱，心里有些不安，怏怏地回家了。

又过了很久，突然得到消息，婚纱店因为经营不善关门了，听说还欠了房租，那个法国设计师老板已不知去向。我闻讯赶去婚纱店，发现大门紧闭，橱窗玻璃已布满灰尘。我马上拨女助理的电话，没人接，后来通过朋友辗转找到助理的邮箱，她回信告诉我早已经离职了，又告诉了法国新助理的邮箱。我接着发了邮件给新的助理，结果回信说他也离职了，把法国设计师老板的邮箱给了我。愤怒的我发了一封措辞严厉的邮件给老板，强烈要求他关注一个中国消费者的呼声，给予合理的解释，尽快完成他的服务承诺，结果没有任何回音，那个法国设计师老板似乎从这个世界上彻底消失了。眼看我的婚纱梦又要濒临破灭，连同我的婚纱订金也打水漂了，此时的我深深体会到跨国业务的风险性，最困扰我的是申诉无门，总不能为这么小的事找法国驻中国领事馆投诉吧！只能自认倒霉。

事情峰回路转，先生的朋友打电话过来，正好和他说起这事。他说这个品牌的婚纱店在三明也有一家，现在尚未关门歇业，让我把订金收条给他帮忙处理。这时我已不敢有什么奢望了，央他拿一件适合的婚纱即可。又过了一个月，我终于收到了盼望已久的法国婚纱，虽然不是梦中的款式，但是它上身镶嵌着精致的刺绣，性感的吊带，后背通过丝带收紧上身线条，裙子下摆流畅简洁，外层飘着薄薄的真丝，款式优雅飘逸，我很喜欢，唯一的遗憾是它的长度足有一米八。先生涎着脸笑着说，穿这件婚纱的时候下面要穿几十公分高的鞋子，我也打趣说，干脆站在凳子上穿，全家人笑得前俯后仰。

于是我也有了专属的法国婚纱，虽然不是为我独家订制的款式，虽然得到的过程很曲折，但是其正宗的法国血统、典雅的设计和考究的做工已经非常难得。在我几乎放弃希望的时候，它从天而降，给我意外的惊喜，感恩所拥有的，不再留下淡淡的遗憾，今后准备把它作为爱的礼物留给女儿，希望把这种简单的幸福传承下去。

# 第四章　你是人间四月天

妈妈的手，
一直牵着我向前走，
手心的温度，
是妈妈结结实实的爱，
将陪伴我的一生！

# 亲亲宝贝

十年前，护士小姐从妈妈的肚子里把你抱出来，在牵肠挂肚的疼痛下，妈妈微笑地看着你粉扑扑的小脸，知道从此我们的生活将紧密相连，你的到来，让我的生命变得丰富而完整。

你是妈妈最完美的杰作，晚上你做作业，妈妈经常目不转睛地盯着你看，你有时候会抬起头问我为什么老盯着你瞧，因为你太可爱了，百看不厌。我经常捏捏你粉嫩的皮肤说，这是我的皮肤；捏捏你的小骨头说，这是我的骨头；拉拉你的长头发说，这也是我的头发，最后把你拥在怀里，骄傲地宣称，你身上全部的全部都是妈妈的，而你蹬着腿抗议说你是你自己的，妈妈总觉得很幸福。

女大十八变，你变得越来越漂亮，喜欢穿粉色的衣服，妈妈的业余爱好是把你打扮成一个小公主。你的大眼睛、双眼皮令我很羡慕，而你遗传了妈妈温柔的声音，接电话时经常冒充我。爸爸打电话过来，叫阿萍，你也爽快地应声，爸爸呱啦呱啦说一堆话后，你才礼貌地提醒他认错人了。爸爸已在我这投诉了很多次，谁让我们声音这么像呢！

你一天天地长大，不觉已长到了妈妈腋下，你还不满足，喜欢站在凳子上，居高临下地看着妈妈说：“妈妈，你看我比你更高了呢！”其实妈妈不希望你太快长大，童年是人一生中最快乐、最无忧的时间，成人世界有很多的烦恼，你还没有准备好。

孩子，妈妈没有未实现的愿望需要你来完成，只希望你能够健康快乐地成长。妈妈不愿给你太多压力，没有给你安排很多的课外活动，不强迫你练这项或那项才艺，只是建议你选择一项自己感兴趣的内容。比如说画画，不断地精耕细作，即使将来不发展成为事业，也可以成为你生活中精彩的部分。你对艺术有天生的灵性，每年妈妈生日，你都会亲手画画送给妈妈，虽然很稚嫩但是充满童趣，那是妈妈收到的最好的生日礼物。你很喜欢上电脑设计课，也许是从小最爱在设计部里钻来钻去，耳濡目染，你现在会制作 Flash 动漫，让妈妈非常惊讶和骄傲。你说你的理想是要当个画家，既然有了梦想，就要坚持不懈地努力，因为任何的成功都不可能一蹴而就，人们常说，台上十分钟，台下十年功。

在妈妈的眼里，出生在四月的你就是建筑学家、诗人林徽因女士笔下的“人间四月天”，你的笑响点亮了妈妈的世界，你是爱，是暖，是希望，你是妈妈挚爱的宝贝！

# 妈妈的怀抱

某日晚上，和平常夜晚一样，我在电脑前坐着，苦思冥想，写着我的论文大工程。女儿坐在旁边写作业，突然我用余光发现女儿在偷偷看我，我没转头，继续盯着电脑，漫不经心地问：“宝贝，怎么不专心写作业了？”半天没有回应。我放下手头的工作，微笑地问她：“怎么了？”女儿抬起头，眼睛有点雾蒙蒙的，怯怯地说：“妈妈，你可以拥抱我一下吗？你很久没有抱我了。”女儿的话触动了我心底最温柔的那根弦，我的眼睛也湿润了，我张开臂膀，把女儿紧紧地搂在怀中。女儿趴在我肩上，像一只小猫，静静的，好像很享受这种被珍爱的感觉。是啊，最近忙忙碌碌，沉浸在自己的世界中，而孩子的心是敏感的，父母的拥抱、关切的眼神、温暖的话语，都是孩子珍贵的礼物。我告诫自己，千万不能因为自己的忙，而吝啬给予孩子关爱，每天尽量抽一点时间陪孩子、拥抱她、告诉她你爱她，孩子的健康成长最需要爱的养分。心中有爱的孩子才会爱这个世界，微笑面对人生。

# 贪心的人

女儿很小的时候，陪她逛街，她总是呈现出极强的购买欲，这个也买、那个也要，恨不能把那店里的货品全部搬回家。然后我就会告诉她："贪心的人得不到幸福。"威逼加胁迫之下她噘着嘴不舍地离开，突然又冒出一句："妈妈，你开个店吧，我把玩具都玩过了你再卖出去，好吗？"

其实大人有时候又何尝不是如此呢？金钱、地位、名誉、权利等种种诱惑充斥着社会，干扰了我们的视线，而世间许多罪恶均源自于人无休止的贪念。所以当我们堕入欲望陷阱时，也不仿默念"贪心的人得不到幸福"，遏制自己的贪念。有一句话说得好："因为心简单，世界就简单，幸福才会生长。"其实幸福和获得多少并不一定成正比，关键取决于你的心态和感知力。

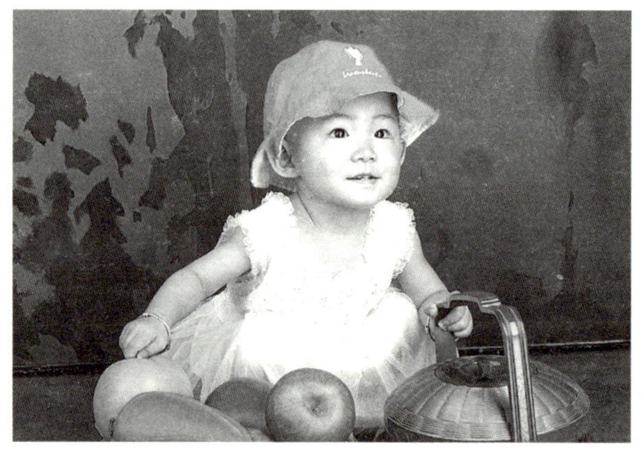

小"吃货"

# 向着自己微笑

放学回来，宝贝说她不快乐，说在学校受到了不公正的对待。她的眼睛闪着泪花，脸涨得通红。我给了她一个大大的拥抱，然后贴着她的鼻子向着她微笑。这是我们经常玩的“七秒微笑”游戏，如果感觉不快乐了，另一个家庭成员会把脸贴得很近，灿烂地微笑，通常在七秒之内，不快乐的成员都会不由自主地微笑，果然三秒后，宝贝含着泪花笑了。亲爱的宝贝，妈妈为你写了一首小诗，希望你永远记得，快乐是来自心里的阳光，不要把别人当成自己的太阳，祝愿你永远幸福快乐，并且做个快乐的使者，把阳光带给你周围的人们！

**向日葵**

向日葵以为自己的使命，
就是向着太阳微笑，
可是有一天，
它找不到太阳了，
它很悲伤，
忘了怎么开花，
躲在灌木丛后面，
耷拉着头。
直到有一天，
它突然明白，

原来太阳不属于自己，
只有心底的阳光，
才是永恒的，
它抬起了头，
向着自己微笑，
世界还是这么美好！

# “勤快”女儿“懒惰”妈

星期六，我畅游梦中，感觉有人在挠“咯吱窝”，眼睛眯条缝，什么情况？女儿站在面前可怜巴巴地说：“妈妈，饿了。”我继续神游中，半晌没应她。耳朵有声音钻进来：“妈妈，摸一下我的肚子，扁的，陷进去了。”摸一下，真的，证据非常确凿，说明她真的饿了。稍微清醒了一点，我回到了残酷的现实中。阿姨走了，在“后阿姨”时代，女儿全指望着我这根“救命稻草”了。正想爬起来，想了想不对，前天的家庭会上我们可说好了，要分担家务，女儿也是点过头的。于是乎，我开始自言自语：“哎呀，头怎么这么痛，全身没有力气，甜甜，摸一下妈妈额头，有没有什么异常情况？”“小医生”的手真的摸了过来了，还做出了诊断意见：“妈妈，挺好的，一切正常。”我闭着眼睛，一副很痛苦的样子：“可是我怎么这么难受呢？你帮我烧下开水，再倒一杯温水给妈妈喝。”“踢踏踢踏”，脚步声朝厨房方向去了，过了一会儿，一杯温热的水递过来了，“妈妈，请喝水”。女儿烧的水，一饮而尽，怎么好像有点甜（农夫山泉的台词），好享受，喝完继续躺下。

刚一打岔，女儿忘了肚子饿这回事了，现在又想起来了，说：“妈妈，我肚子饿了。”对了，刚才是反映过这个情况的。“甜甜，你打个电话给楼下的见福便利店，她们会送椰丝卷、奶黄包和豆浆，一个电话就搞定了”。继续睡，怎么没动静，看见女儿站在原地。“妈妈，我接通电话，你和她们说，好吗?”乖乖，以前都是我们打电话叫外卖，孩子依赖惯了，这样下去可不行。“嘟”，接通电话，电话那头传来声音了，女儿慌忙把话筒递给我。我转过头去，装着没听见，她把电话扔过来，我直接关掉它，嘟囔说：“妈妈太难受了，话都说不了了。”然后转头继续睡，甜甜有点生气了：“妈妈，你太懒了，我接通电话你都不说话，哼，不理你了。”现在已经非常清醒了，我问女儿：“为什么你自己不说话呢？害怕和店员说话吗？堂堂中队长连这事也害怕？哈哈，中队长胆子怎么这么小?”女儿有点不服气：“这有什么害怕的，我打给你看。”她接通电话，流利地对店员发出指令，挂断电话后对我挑衅：“这有什么难的?”“激将法”起作用了，在我们大人看来就芝麻绿豆大点事，但小朋友第一次做的时候确实可能会有点胆怯，克服了这个小障碍后就会发现其实很简单。五分钟，店员送上来，女儿老练地付了钱，洗了手，大口大口地吃早餐了，看来是真的饿了，自己叫的早餐可能格外香吧！她还端了杯豆浆和包子过来，问：“妈妈，快吃早餐，你好点了吗?”这时，“懒惰”妈妈一个鲤鱼打挺，精神抖擞地起来了：“啊，现在怎么感觉这么好呢?!”

以前总觉得女儿很小，阿姨和我几乎把家务都包了，养成了她“饭来张口，衣来伸手”的毛病，这样培养的“豌豆公主”自理能力低下，依赖性很强，今后怎么能适应社会？尤其是以后还准备送她去留学，看来独立生活能力的培训刻不容缓。在“后阿姨”时代，有时做个“懒惰”妈妈，放手培养一下她的生活能力，顺便享受一下女儿的关爱。甜蜜的生活，甜蜜的生活，无限好啰喂……

# 坚强的小花

女儿上五年级，很热衷于“当官”，喜欢管理其他小朋友，特别喜欢指挥比她大的六年级孩子。当上中队长后，她戴上了红彤彤的袖标，在我面前晃来晃去，生怕我忽略了她的重要职位。她改变了睡懒觉的习惯，任劳任怨，每天早上把闹钟设到六点二十分，七点二十分必须要到校。为了配合她的“官瘾”，可怜的“年轻妈”（每次她要叫“老妈”时，我都要纠正一下：是“年轻妈”）每天睡眠都严重不足。

上周女儿生病，瘦了一圈，周五中午心疼她，让她多睡了一下，没在一点半叫醒她。结果她一起来就板着一张脸，火急火燎冲出门，阿姨送她到校已经两点出头了。出状况了，阿姨打电话回来了：“你女儿不下车，哭得稀里哗啦，说迟到了，会丢班级脸，怎么办啊？”阿姨没说完，女儿把电话抢过去，可怜巴巴地说：“妈妈，我可不可以不上学啊？太迟了。”嘿，这小祖宗，这多大点事，学都不上了，我耐着性子哄她说：“我给老师打个电话解释一下，好不好？”女儿在电话那头很坚决地说：“不行，这事老师说了不算，要打给校长才行。”乖乖，这可给我出难题，上哪找校长电话，难道校长还管这种小事？

软的不行，就来硬的，我指示阿姨把她强拉进去。女儿犟得像头驴，继续接通电话，还在哭，强烈要求回家。我的火气“噌”地冒上来，空气中似乎能闻到烧焦的味儿，说：“甜甜，你给我听着，刘老师（也就是我，用老师称呼自己比较有权威感）命令你马上进学校，这点小事就能把你难成这样，这么脆弱，以后还可能遇到比这更严重、更棘手的事情怎么办？也哭着回来找妈妈？你自己坚持要当中队长的，妈妈可没逼你，如果实在做不了，自己去给老师请辞，要不然就自己面对问题，自己去给老师解释。记得妈妈的话，没什么解决不了的问题，首先必须要面对问题，而不是逃避。现在、立刻、马上给我进校门！”从来都没有这么严厉给女儿说话，一气呵成还不带喘气，挂了电话后有点不安。等了几分钟，我接通阿姨电话，她告诉我，女儿抹着眼泪乖乖地进学校了。后来给老师打了电话，老师告诉我，女儿找他承认了错误，请求原谅，并保证以后不会再出现这种情况，哭得泪人似的，老师都觉得很心疼，安慰了她，让她把这件事记在日记里，今后可以作为写作的素材（这老师有爱心，挺适合为人师表的，赞一个）。

放学了，女儿带着灿烂的笑脸回来了，自豪地告诉我，她自己把问题解决了，没什么大不了的。看着她那张稚气未褪的脸，感觉她突然长大了，可以自己面对困难，解决问题了。亲爱的孩子，“一帆风顺、万事如意”只是人们美好的祝愿而已，人生的道路不可能是平坦的通途，解决困难的过程其实就是成长的过程。妈妈希望你能用感激、希望、乐观的视角看问题，从容面对困难，不放大自己的脆弱，而是展示自己灿烂的笑容。经历过后，你回头看会发现，原来曾经像山一样不可逾越的屏障其实就像小土堆一样渺小。加油，宝贝，你是一朵坚强的小花，妈妈永远以你为骄傲！

# 考砸了

傍晚，小学的校门口人头攒动，家长们翘首等待孩子放学，总算等到了甜甜，一贯叽叽喳喳的她看起来有点心事，一路沉默着到了家。吃饭前我们照例要分享今天最开心的三件事，以前总是眉飞色舞的甜甜今天似乎很费劲回忆开心的事，嘴里还没头没脑冒出来一句话："高兴的事好像没有，'悲催'的事倒有。"一追问，她又不说。

一直到躺在床上，她仔细观察了我的表情，小心翼翼地问我："妈妈，你今天心情好吗？"我说："妈妈是'乐天派'，每天心情都挺好的。"她又接着问："妈妈，你今天心脏还可以吗？"我应道："活蹦乱跳的，没啥问题，你想说什么就说吧。"她看着我的眼睛，眼神有点惶恐，说："妈妈，我考砸了。"我的心"咯噔"了一下，这小家伙可能是学习碰到麻烦了。我淡淡地说："数学考不及格了？"甜甜和我一样，数学相对弱些，所以我猜肯定是数学考砸了。甜甜急了，说："我才没那么差呢，但是成绩不怎么好看。妈妈，你怎么没生气啊？"看来我的反应不够激烈，没有达到她预期的效果。我笑了，说："噢，没有不及格啊，那比妈妈当年强多了，我上小学三年级时有一次数学考试没及格呢。"一听到这，甜甜来劲了，在她心目中简直就是"考神"的妈妈竟然有如此不堪的往事，问："天哪，不及格，那你可怎么办啊？"我坦然地告诉她："妈妈当时很着急，暗下决心一定要迎头赶上，主动去找数学老师，请她帮助我，那个数学老师很好，每天放学后都帮我辅导半个小时，经过努力，数学成绩很快就提高了。”这是一段真实的往事，多年以后，我仍然清晰地记着那次考试给我心灵的触动，从内心深深感激那位好心的老师，遗憾的是我忘记了她的名字，不知道她现在在何方，她也许不知道有一位学生仍然在心里念着她。

甜甜听了我的故事，眼神变得很灵动，脸上有了笑容，说：“妈妈，我以为你会臭骂我的，我的好几个同学考得不好，回去都被家长‘修理’了一顿，所以我一直很担心呢。”我微笑了，说：“宝贝，在妈妈眼里，没有成绩差的孩子，只有不努力的孩子。成绩退步，就说明这段时间你学习不努力了，贪玩了，于是成绩给我们敲警钟了。妈妈觉得一次考砸了不要紧，说明有一些知识点我们没掌握，我们及时补缺补漏，每天多花半个小时学习数学。妈妈会帮助你的，从今天开始，我们是一条船上的战友，来拉个钩。”甜甜灿烂地笑了，伸出手，大声说：“拉钩上吊，一百年不变，我们是好朋友。”然后用大拇指盖了个大大的章。她如释重负，“年轻妈”有坚强的心脏，心情总是很好，得知这么“悲催”的事情还能保持微笑，没有像其他家长一样大发雷霆，所以没有什么可担心的。她很快就进入了梦乡，嘴角还挂着微笑，可能在做着香甜的梦呢。

# 数学老师要请吃肯德基

今天是小学闭学式的重要日子，因有点事情，没有亲自去接女儿放学，十二点左右，甜甜到家了，她简短地给我打了声招呼，径直朝沙发走去，扔下她的大书包，一言不发。我善意地提醒了一下："甜甜，有没有什么消息要告诉妈妈呢?""没有。"哎，这小淘气，还学会吊我胃口了。"今天不是发成绩册吗?"甜甜慢条斯理地说："考得还行吧。"我没法淡定了，看来只能自己翻成绩册了，成绩册上一连串红红的"优"，(现在学校比较人性化了，不直接写成绩，就评优良中差）像小星星一样在我面前闪。我不是个成绩至上的家长，但是看到孩子的好成绩还是由衷地为她而高兴。

一转眼，甜甜不见了，后来在桌子底下找到了，她冲我乐了，龇出一排参差不齐的牙，告诉我一个消息："数学老师要请我吃饭了。"原来，教数学的蔡老师在考前找了几个成绩有点波动的学生谈话，许下承诺，如果她们考 90 分以上，蔡老师要请他们吃肯德基。我就好奇了，问："甜甜，你数学考多少啊?"甜甜有点不好意思地告诉我："考了 99.5 分。"我可能有点乐过头，下巴都快掉了。这个消息有点"猛"，在六月十二日最后一次数学测试中，甜甜告诉我考砸了，我们拉钩结成战略联盟，家教段老师、我还有甜甜三人一条心，决心要加倍努力，迎头赶上。就在数学期末考那天，我送甜甜去学校，她紧紧地抓着我的手，对我说："妈妈，我有点紧张，担心又会考砸。”我笑着安慰说：“甜甜，就是一次考试而已，用得着这么紧张吗？妈妈又没叫你考第一、第二名，妈妈对你的要求是把所有会做的题都答对，不要漏题、计算准确、格式正确、正常发挥就可以，妈妈要求高吗？”甜甜点头说：“不高。”我接着说：“你已经考砸过一次了，经过这段时间的努力，我们已经进步了，肯定能比上次考得更好，那还担心什么？”甜甜点点头：“对，这次怎样也不可能更差啊。”到校门口了，甜甜挥挥手转身往学校走，我后面喊了一声：“甜甜，会笑吗？”她回头，冲着我甜甜地笑了，这就对了，就要这种感觉，快乐学习、快乐考试，有很多心理学家的实验都证明人在快乐状态下能够更好地发挥自己的能力和水平。这时，旁边一个妈妈还在叮嘱她的孩子：“认真考试，要考优哦。”我和甜甜相视而笑。

甜甜，这次考试有进步是因为我们前一阶段的努力换来的，但学习是一个长期积累的过程，一次考差不必丧气，一次考好亦不可骄傲。妈妈希望你谨记，“不积跬步，无以至千里”，任何进步都离不开平时的努力和沉淀。记着妈妈的话，没有成绩差的孩子，只有不努力的孩子。用功学习，掌握了一定的方法，成绩自然能提高。把学习当成一种乐趣，发自内心地热爱学习，每天进步一点的感觉真的很棒！

# 生财有道

甜甜最近着迷一本书——《小狗钱钱》，里面介绍了小朋友从小赚钱的方法，很受启发，决心要学以致用。她仔细分析了各种可能性，包括帮邻居遛狗、送报纸、陪伴孤寡老人、帮邻居剪草坪等，发觉都不适合当前国情，于是把目光转向了“年轻妈”，从我这来找突破口。

晚上做完作业，她来找我：“妈妈，找你商量个事情。”我正忙着改学生作业，她递过来一张单子，上面列着满满的收费项目，我大吃一惊，差点没把眼镜摔到地上。收费项目如下：

1. 叠被子
2. 拖地板
3. 整理书房
4. 倒垃圾
5. 洗碗
6. 洗衣服（自己的）
7. 擦桌子
8. 煮饭（电饭锅）
9. 煮菜（微波炉）

……

（每个项目收费单价为 2 元，明码标价，童叟无欺）

看完这份清单，我顿时失语，莫非我的身边潜藏着一位商业奇才，这想法让我有点激动。想起二年级的时候，她也有过这种原始的商业冲动。她帮同桌的男孩抄字词作业，谈好价格五元一次，据说手都写得酸了，满满地抄了两张纸，结果男孩事后反悔赖账。有一天放学，甜甜在校门口碰见他妈妈，直接冲过去找她催款。同学妈妈很惊讶，问是什么钱，甜甜理直气壮地告诉她是“帮你儿子抄作业的钱”。至于这个妈妈回去有没有收拾他儿子不得而知了，但是甜甜确实拿回了那笔钱，然后用这平生赚来的“第一桶金”给我买了一双紫色的手套（珍藏版的）。这个故事是阿姨后来告诉我的，我很重视，开了个专题会，帮她树立“正当创收”的金钱观。至于她平时经常带几张白纸放在书包里，一张卖五毛钱给同学，虽然觉得价格不合理，但是“市场有需求，产品有销路”，我也只能睁一只眼闭一只眼算了。

经常感慨，现在当妈可真不容易，以前像她这么大的时候，我还在扎着冲天辫，忙着玩沙包、踢毽子、跳房子吧，不得不承认这个世界变化大，“长江后浪推前浪”。在肯定孩子积极参与家务的热情的同时，我琢磨着是不是应该要引导孩子避免陷入误区，不要养成斤斤计较的功利主义。我笑着问甜甜：“妈妈每天为你洗衣服、煮饭、打扫卫生、帮你辅导功课，应该要收多少钱呢？”甜甜严肃地考虑了这个问题，很认真地回答我：“妈妈，等你老了，我也会这样对你好的，给你买好看的衣服，好吃的东西，帮你洗脚，陪你说话……”我又问：“你赚钱后计划怎么用呢？”她迅速地说：“我准备一半给自己零用，另一半我想捐给需要帮助的小朋友。”

一张远期支票把我哄得心花怒放，加上了公益主题的营销计划颇具吸引力，具有相当的策略高度，所以我当场欣然批准了她的收费清单。甜甜还告诉我她对股票、基金也感兴趣，一直在想基金的“鸡”是怎么生蛋赚钱的。而我憧憬着有一天女儿能成为巴菲特似的商业奇才，可是这种人才培养任务之艰巨，让我备感压力，可谓任重道远啊，我能胜任吗？

# 伴你飞翔

在写这封信的时候，妈妈刚坐了将近两小时的车，刚踏进家门，四肢发软、眼睛干涩，很想躺下来好好睡一觉，但是妈妈的职责还是让我坐下来写这封信。一直惦记着你昨天的抱怨，你说："妈妈，你很久没有给我写信了。"确实，这段时间妈妈每天忙忙碌碌，似乎差点把你忽略了，很抱歉，但不要怀疑你的重要性，妈妈也有很多话儿要对你说。

在妈妈眼里，你是个聪明的孩子，声乐老师曾表扬过你在音乐上有很强的悟性。你五岁开始学习钢琴，八岁那年，有一天你端坐在钢琴前，一本正经地告诉我你正在作曲。你创作的那首歌曲名字叫《七点了》，写的内容是小朋友七点钟要起床准备上学，我一直记忆犹新。你乐感很强，经常挑我毛病，说我唱歌的时候哪一句跑调了，而我却浑然不知，专业和业余人士就是有所差别。你经常说要教我弹钢琴、识乐谱，可妈妈看到那些小蝌蚪心里就发怵，你还笑我笨，说你六岁就认识了，妈妈也觉得很惭愧。你做的动画惟妙惟肖，美术课的老师经常作为范本给大家展示，你经常跃跃欲试，让我把公司的设计任务交给你。你写的作文描写细腻、感情丰富，字里行间透着童趣，妈妈一直认为写作就该以情动人，而不是故作矫情。虽然你数学暂时稍弱一点，但是它不是"拦路虎"，去年期末考试你以全班第二的成绩证明了你是可以做到的，一定要对自己多些信心，天道酬勤，有一分耕耘就有一分收获。

不知不觉你已经到了六年级，在小学里，就是最大的姐姐了，你们的教室也更上一层楼，搬到了最顶层。每当你聊起当值日生管理学校的时候，喜欢把三四年级的同学称为“那些小孩子、小朋友”，看着你稚嫩的脸，听着你老成的话语，妈妈很想乐出声，但还是忍住了，只是轻轻提醒你，要高标准要求自己，给小弟弟小妹妹们做个好榜样。

升到六年级，意味着你正面临人生第一个转折点，人生的质量往往取决于这些关键的转折点是否能把握好。妈妈很着急，希望你能够更全心投入学习。可是你似乎没有意识到这点，放学回家，你经常要等妈妈回来后才开始做作业，时间拉得也有点长，有的时候要做到晚上十点半，而妈妈认为你只要能抓紧时间、专心学习，九点半之前把作业做完是绰绰有余的。其实管理自己是一项很重要的习惯和技能，我们应该给自己设置规则，学习的时候认认真真学习，玩的时候快快乐乐地玩，合理安排好时间，才能在不断进步的过程中，享受生活的乐趣。

妈妈曾问你，你有理想吗？你考虑了很久，然后告诉我你想成为画家。我接着问你，你在为你的理想做了哪些努力呢？你有点茫然。妈妈给你讲了一个故事：“有三只猎狗追一只土拨鼠，土拨鼠钻进了一个树洞。这只树洞只有一个出口，可不一会儿，从树洞里钻出一只兔子。兔子飞快地向前跑，并爬上一棵大树。兔子在树上，仓皇中没站稳，掉了下来，砸晕了正仰头看的三只猎狗，最后，兔子终于逃脱了。”然后妈妈问你，这个故事有问题吗？你是个聪明的孩子，马上问我，那个土拨鼠到哪去了？这个故事有很多问题，比如兔子怎么会爬树，怎么能砸晕三只猎狗，但其实土拨鼠才是关键问题所在。土拨鼠就好像我们心中的目标，随着岁月流逝，形形色色的事物在干扰我们的视线，让我们迷失方向，忘记了当初的目标。我们要经常问自己土拨鼠哪去了，自始至终都要明白自己的目标是什么，制订切实可行的计划，然后坚持不懈地往这个方向努力，只有这样才能有所成就，否则韶华易逝，不要等到白了少年头，空悲切。

千言万语道不尽妈妈对你的牵挂和关心，妈妈希望你能更懂事些，学会为自己负责，管理好自己，合理安排好学习和休闲（爱玩是孩子的天性，妈妈理解，但要有度），以积极阳光的心态面对困难，朝着你的理想展翅高飞，妈妈将陪伴你，像大雁一样，为你的每一点进步而喝彩！

笔者女儿和指导老师一起参加社区公益活动

# 找啊找啊找朋友

今天妈妈想和你谈谈“交友”这个话题。友情是我们生活中很重要的情感之一。你自小就是个合群的孩子，性格温和、喜欢交友、乐于助人。从小到大，你身边的朋友换了一茬又一茬。有一段时间，你和一个同学好得形影不离，据你老师形容你俩好得就跟“合穿一条裤子”一样：放学了你们要手拉手一直走到家楼下，站在台阶上依依不舍地告别；她经常大中午跑过来，你们俩反锁在房间里嘀嘀咕咕，直到下午上课时间快到了，两人才手拉手一起去上学；放学回到家，也不知道你们俩怎么还有那么多话，经常“煲电话粥”，有时甚至要打一个钟头。我经常开玩笑，这毛病可能随了你爸，又一个话唠。

你生日那天，你宣布自己定了生日地点，在湖滨南路的贵族牛排馆，并亲自制订了邀请参加生日宴会的同学名单，妈妈欣然同意了。你告诉我，已答应要去接你最好的朋友，妈妈也表示会积极配合。这天上午妈妈陪你去买生日礼物，逛书店，早上十一点左右我们经过你好朋友家附近，妈妈让你给好朋友打电话，顺便把她捎走，结果她说还要睡觉，然后我们就直接去了牛排馆。那天你有点低烧，但你是个重承诺的孩子，快中午十二点的时候吵着要去接你朋友，说答应了她要亲自去接。妈妈心疼你身体欠佳，所以打了你同学电话，告知她原因，然后让爸爸专程去接她。可是你的好朋友到了餐厅，拉长了脸，似乎很不高兴。后来，几个小姑娘一起嘻嘻哈哈地吃饭、吹蜡烛、用冰淇淋和饮料做鸡尾酒，玩得不亦乐乎。第二天，你却哭着回来，说你的好朋友要和你绝交，指责你不守承诺，发了很不礼貌的短信给你，而且还在同学中说你坏话。你不明白她怎么会这样对你，你对她是一片真心的呀！

妈妈一直希望你所结交的朋友真诚善良、善解人意。你们有共同的兴趣爱好，学习上互相帮助，生活上互相关怀、共同进步，这样的友谊才能够持久。妈妈在静静观察着你的朋友，发现她性格急躁、古灵精怪，有时候会在背地里教你怎么对付家长，经常放学后带着你避开阿姨，偷偷溜到外面闲逛，让阿姨在学校门口等得心急如焚……这些妈妈都知道，但我尊重你，不想粗暴干涉你的交友，但经常提醒你要明辨是非，学习她的优点，比如说很爱笑、胆子大、有领导魄力，同时要注意不能受她负面的影响。在生日安排这件事情上，你没有不遵守承诺：第一趟我们经过她家，已经打过电话准备接她，她当时还在睡觉就没和我们一起走；后来妈妈又打了电话给她，告知她你生病了，所以让爸爸再专程去接她，礼节上我们已经做到了，而她无法体谅你，可能因为年龄小不太懂人情世故，因此在这件事上对你有看法，我们要用宽广的胸怀去体谅她。朋友之间有了矛盾，我们首先应本着真诚的心，主动去沟通，尽快消除误会，重归于好。

几天后，你还是很沮丧地告诉我，不管你怎么努力，她都不和你说话了，还和几个同学联合起来一起欺侮你，怎么办？妈妈鼓励你找新朋友，后来你又有了两个很要好的朋友，朔朔和蔓子。朔朔是个乖巧的女生，文文静静的，很有礼貌；蔓子是个乐观开朗的女生，妈妈印象中她总爱憨憨地笑。在你情绪低落的时候，她俩经常鼓励你、陪伴你，让你感觉很温暖；你们经常在一起钻研功课，相约做追求上进的好学生，你告诉我每天在学校都很开心。你邀请蔓子周末到家里来做客，你们一起写作业，有难题的时候两人一起商量解题思路；吃饭的时候你热情地给她装汤夹菜，俨然一个好主人；吃水果的时候，妈妈注意到你把那个大的苹果给你的同学，而自己挑了一个小的吃，妈妈觉得你懂事多了。

宝贝，从小到大我们会认识很多人，有些人可以成为我们终身的好朋友，但有些人由于各种原因，终究会离我们而去，朋友的“加减法”是必须面对的自然之道。世间有很多伟大的友谊流芳千古，比如马克思和恩格斯之间的友谊被传为佳话，他们彼此互相尊敬、相互敬佩，在事业上齐头并进，《资本论》这部经典著作就是他们伟大友谊的结晶；比如李白和好朋友汪伦感情真挚，写下了“桃花潭水深千尺，不及汪伦送我情”的千古佳句……真正的朋友品格端正、正直善良，他们会在我们困难的时候给予真心的关怀和无私的帮助，在成功的时候和我们一起分享快乐；他们在事业上积极进取，鼓舞我们不断攀登人生高峰，而生活中善解人意、富有情趣，能带给我们很多的温馨欢乐。就像有首儿歌中所唱“找啊找啊找朋友”，妈妈希望你能够找到这样的好朋友，并且一辈子珍惜，他们是我们人生最宝贵的财富之一。

# 第五章　万水千山总是情

有些日子，
被赋予了意义后，
闪闪发光，
如同嵌在岁月里的珍珠，
串起来，
就是人生的珍宝。

# 记忆的珍珠

有些日子，
被赋予了意义后，
闪闪发光，
如同嵌在岁月里的珍珠，
串起来，
就是人生的珍宝。

每一颗珍珠，
都是一个线索，
通往悠长的记忆，
往事沉睡在心底，
等待被唤醒，
流逝的岁月静好。

# 思　念

小时候感觉，
思念是妈妈的怀抱，
爸爸的臂膀，
结实而温暖。

年少时感觉，
思念是夏日的骄阳，
挂在正午，
狂热而迷乱。

成年时感觉，
思念是初秋的茉莉，
绽放在窗前，
淡雅而芬芳。

暮年时感觉，
思念是牧笛声儿，
映和着晚霞，
绵长而忧伤……

# 忆

早春，
淅沥的小雨，
零星的爆竹声中，
一年又定格，
在相册里。

常常在梦里看见，
故乡的梨树下，
翘首等候的奶奶，
银色的头发在飘，
再见时已隔着黄土。

院子里的葡萄架，
嘎吱嘎吱的木楼梯，
井台上的小雪人，
儿时的小伙伴，
都遗失了。

站在高楼的窗前，
迷失在城市的格子里，
找不到回去的路，
仓促飞过的燕子啊，
能否捎去我悠长的思念？

# 海边的小石子

我愿作一颗海边的小石子，
没人知道我从哪来，
也没人问我要到哪去，
我在自己的世界里，
肆无忌惮地欢笑。

我愿作一颗海边的小石子，
海燕衔来春天的祝福，
萤火虫点燃夏天的夜晚，
秋虫趴在背上懒洋洋地吟唱，
雪花在鼻尖上跳舞。

我愿作一颗海边的小石子，
即使没有绚丽的容颜，
没有伟岸的身躯，
没有动听的歌喉，
也要用平凡的生命拥抱大海！

# 老　家

老家是一个坐标，
无论你走多远，
它永远在你的地图中，
最焦点的位置。

老家是一栋老房子，
院子里的葡萄架，
盛着甘泉的古井，
伴着清脆的蛙鸣。

老家是质朴的笑脸，
绽放在梦的深处，
是深情的目光，
牵系骚动的心灵。

富贵或贫穷，
得志或失意，
老家都张开双臂，
迎接远归的孩子。

# 黑白之间

夜的眼注视
独醒的灵魂，
攀行在错落的高楼，
谁家的婴儿在哭？
掠过层层巨浪，
大海为何在躁动？

仁慈的睡神啊，
何时能得到
您最深的眷顾？
让它停下倦怠的脚步，
靠着您的臂膀，
安然入梦。

## 三角梅

冗长的旅途中，
右前方的小山坡上，
探出一枝三角梅，
长长的枝条，
像张开的臂膀。

在寂寞的山野上，
它红艳艳地绽放着，
即使没有掌声和喝彩，
生命也该如此彻底
燃烧着炫目的光芒！

# 守望的幸福

幸福是恒久的信仰，
即使太阳被乌云遮掩，
明媚的彩霞
墨色尽染；
即使下着倾盆大雨，
泥泞的路上
布满荆棘；
即使海上巨浪翻滚，
小小的船儿
风雨飘摇；
依然虔诚守望，
幸福的到来……

# 生命之歌

假如我是一只萤火虫，
虽然只有瘦小的身子，
但只要我有发光的本能，
我就要点燃微弱的光芒，
在黑夜里照亮前行的路。

假如我是一颗种子，
即使头顶着千斤巨石，
只要给我一点点空间，
我就要扎下根来发芽，
在石缝中艰难冲出桎梏。

假如我是一株胡杨，
即使洒落在茫茫荒漠，
只要骨子里有对水的眷恋，
我愿苦苦追寻点滴细流，
在旷野里燃起生的渴望。

假如我是一朵雪莲，
即使长在皑皑冰山上，
只要有一小片土壤，

我也要无怨无悔，
在峭壁上欣然怒放。

假如我是一只苍鹰，
即使只能在崖顶孤独，
只要有一双强劲的翅膀，
我就要凌空翱翔，
在空谷上唱响生命之歌！

# 默　契

想你的时候，
你正好想着我，
双手紧握，
思念如藤蔓般缠绕，
可以刻下来吗？
让它永恒！

梦你的时候，
你正好梦见我，
双目对视，
火花如星空般灿烂，
可以印下来吗？
让它永恒！

恋你的时候，
你正好恋着我，
两情相悦，
热情如火山般迸发，
可以画下来吗？
让它永恒！

# 蝶　恋

有一种梦，
千变万化，
只有一个主角。

有一种歌，
百啭千声，
吟唱古老的承诺。

有一种心情，
大起大落，
导演却不是自己。

有一种眼神，
穿越距离，
交流着心灵的默契。

远方的人啊，
风是我纤纤的手，
在拨弄你的黑发；
雨是我梦中的呢喃，

诉说着我的爱恋，
和丝丝牵挂。

窗前飞舞的小花蝶啊，
那是我欢快的脚步，
在找寻你的心门！

# 小小鸟

我是一只小小鸟，
安静地栖在枝头，
无论春夏秋冬，
伴着花开花落，
默默地守望。

我是一只小小鸟，
幻想拥有鹰的翅膀，
飞越千山万水，
疲倦地停下，
依偎着你歌唱。

我是一只小小鸟，
有着谦卑的梦想，
却不知那
似水流年，
是否早将我遗忘？

# 冰凌花

海，
苦情水，
汹涌澎湃，
冲刷着
离人的思念。

砂，
掬一捧，
紧紧握住，
却从指间滑落，
如风中的承诺。

一个人，
伫立风中，
看海鸟
驮起落日的情怀，
沉甸甸地远去。

夜空中，
星遮住眼，
不忍看海浪，

呜咽着舔去
沙滩上的脚印。

关好心门，
莫让多情的触角，
在寒风中，
凝成一串晶莹的
冰凌花。

# 凝望岁月

我在凝望岁月，
黎明破晓，
琅琅的书声中，
我在窗外徘徊，
你在哪里？

我在凝望岁月，
夏夜星空，
萤火虫在闪烁，
漆黑的草地上，
你在哪里？

我在凝望岁月，
伫立山巅，
山风呼啸而去，
林海在脚下汹涌，
你在哪里？

我在凝望岁月，
火车已达，
陌生的面孔，

人们在四处游走，
你在哪里？

或浓或淡，
或近或远，
你在时光里，
静默着，
化成一抹丹青。

# 附录一　英译中国名家诗词

## 一棵开花的树

席慕容

| | |
|---|---|
| 如何，让你遇见我？ | How can I make you encounter me, |
| 在我最美丽的时刻。 | at my prime time? |
| 为这—— | For it, |
| 我已在佛前求了五百年， | I have been begging the Buddha for five hundred years, |
| 求佛让我们结一段尘缘。 | to let us forge a mundane relationship. |
| 佛于是把我化做一棵树， | Therefore, the Buddha turns me into a tree, |
| 长在你必经的路旁。 | standing beside the road you are doom to walk along. |
| 阳光下， | In the sunshine, |
| 慎重地开满了花， | are booming with flowers wisely, |
| 朵朵都是我前世的盼望！ | each blossom reveals my expectation in the pre-existence! |
| | |
| 当你走近， | When you approach, |
| 请你细听， | do listen attentively, |
| 那颤抖的叶， | that trembling leaves, |
| 是我等待的热情！ | are my passion for waiting! |
| 而当你终于无视地走过， | While you pass by without even a glance of me, |
| | |
| 在你身后落了一地的…… | those straggling behind you··· |
| 朋友啊！ | My dear friend! |
| 那不是花瓣， | are not petals, |
| 是我凋零的心。 | but my withering heart. |

# 见与不见

扎西拉姆·多多

| | |
|---|---|
| 你见，或者不见我 | Whether you meet me or not, |
| 我就在那里 | I am right there, |
| 不悲不喜 | neither sad nor happy. |
| | |
| 你念，或者不念我 | Whether you miss me or not, |
| 情就在那里 | feeling is right there, |
| 不来不去 | never newly emerge nor vanish. |
| | |
| 你爱，或者不爱我 | Whether you love me or not, |
| 爱就在那里 | love is right there, |
| 不增不减 | no more, no less. |
| | |
| 你跟，或者不跟我 | Whether you follow me or not, |
| 我的手就在你手里 | my hand is right in yours, |
| 不舍不弃 | never part nor abandon. |
| | |
| 来我的怀里 | Perch in my arms, |
| 或者 | or |
| 让我住进你的心里 | let me rest in your heart, |
| 默然相爱 | with tacit love, |
| 寂静欢喜 | and silent joy. |

# 一剪梅

（宋）李清照

| | |
|---|---|
| 红藕香残玉簟秋， | Lotus aroma becomes old, |
| 轻解罗裳， | bamboo mat tells the autumn cold, |
| 独上兰舟。 | silk robe is unfolded, |
| 云中谁寄锦书来？ | roll alone a small boat. |
| 雁字回时， | A letter out of blue is hoped. |
| 月满西楼。 | Wild geese fly south in rows, |
| 花自飘零水自流。 | moon light in west chamber is remote. |
| 一种相思， | Freely flowers drifts and water flows, |
| 两处闲愁。 | a kind of acacia floats, |
| 此情无计可消除， | sadness in two ends goes. |
| 才下眉头， | By no means can it been dislodged, |
| 却上心头。 | fading out from brows furrowed, |
| | then in mind holds. |

# 人生若只如初见

（清）纳兰性德

| | |
|---|---|
| 人生若只如初见， | If love could remain unchanged,<br>as the first time of being acquainted, |
| 何事秋风悲画扇。 | there would never be any betrayal,<br>sadly autumn wind wails. |
| 等闲变却故人心， | Long time waiting,<br>only to find you forsake, |
| 却道故人心易变。 | with few words saying,<br>lovers are easy to change. |
| 骊山语罢清宵半， | The oath by the Emperor was gone afar,<br>whispered at midnight in Lishan yard, |
| 泪雨霖铃终不怨。 | no resentment was heard later in disaster,<br>when tears and ringing coldly beat her heart. |
| 何如薄幸锦衣郎， | Being different with him that day,<br>you are too fickle to have promise sacrid, |
| 比翼连枝当日愿。 | to the lover as he made,<br>with me fly wing to wing away. |

# 附录二

## 妈妈的手

甜　甜

我有一个温柔娴雅的妈妈：她长着一头乌黑的头发，总是把它高高地盘在脑后，大概是眼镜戴久了的缘故，眼睛越来越小，但看起来知识很渊博；她的鼻子高高的，酷似外国人；嘴巴像成熟的樱桃，晶莹晶莹的；白皙的脸上总是挂着笑容，像冬日的暖阳。

记得很小的时候，当我还在蹒跚学步时，妈妈的手一直牵着我走。那条铺满鹅卵石的小路，至今让我还记忆犹新，它并不长，可我一步步却走了很久，妈妈紧紧地抓着我的手，她的手厚实柔软，很有耐心地陪我一直走到路的尽头。

大一点的时候，有一次生病了，当时已是深夜，妈妈依然撑着疲惫的身子，穿上厚大衣，背着我走。见外面刮着风、下着雨，她赶紧把大衣给我披上，这样雨淋不到我，风也刮不到我。大衣带着妈妈的体温，让我顿时感觉一股暖流一拥而上。到了医院，妈妈除了背上没淋湿，其他地方都湿透了。她牵着我，手冰凉冰凉的，一直哆嗦着，直到医生说我没事，她才长喘一口气。

直到现在，妈妈还经常牵着我的手，手心的温暖和大衣的温度加起来，就是妈妈结结实实的爱，它将陪伴我的一生！

（本文作者系笔者女儿）

# 附录三

## 幸福像花儿一样开放

高三毕业之后，一直没有刘萍同学的音信，留在我心底里让我唯一牵挂的是：这位优秀的才女考入上海外国语大学之后，又会有怎样更大的发展？时间飞逝，转眼间的二十多年匆匆而过，不知远方的刘萍过得如何？

所幸我们突然又从 Q 群中再次相遇，二十多年后的她依然是那么楚楚动人。看着她白皙的脸庞、娴静的眼神和高雅的气质，我断定：她一定是幸福中人，因为女人的幸福在脸上一览无余。

阅读完刘萍的作品，我找到了答案：她的幸福是来源于亲情、友情、爱情。在爱的包围下，她充满着正能量，以至于那些尘埃似的负能量无处藏身。因为有爱，她有所爱；因为有情，她抒写情。

看得出来，这些文字是刘萍二十多年的生活积累，她为我们延展出一幅幅生活的画卷；这些文字也是刘萍二十多年的思想轨迹，她为我们讲述了一个个幸福的故事。每一处文字都充满温暖，每一篇文章都弥漫温馨。

幸福来源于细节。生活中不是没有幸福，而是需要人们寻找幸福、感知幸福、珍惜幸福。点滴汇聚幸福之河，这些作品中的五个章节，谈自己的经历、家人的故事、爱情的故事、同学的故事、女儿的故事，还有记忆深处许许多多的故事，这些故事本来是一晃而过，但刘萍却能敏锐地觉察并能用优美的文字记录下来。这种记录体现了她的一种睿智，也表达了她对生活的另一种感恩。

幸福来源于思考。因为思考，所以我们会活得有质量。阅读其中的《简单就好》、《感觉幸福》、《暖暖》、《花之恋》、《上帝的小窗》、《坚强的小花》等等文章，简洁的文字里头处处充满女人的智慧。如果说男人的智慧在于宽大、广博，女人的智慧与男人不同，是那么细腻，那么真实。

幸福来源于经营。经营不是买卖，而是需要在理念之下的管理和创造。刘萍在文中不经意间告诉我们：家庭、友情、爱情都是需要经营的，没有经营，幸福不会向你投怀送抱。她首先在经营自己的事业，作为大学教师的她，在心里对自己说："我热爱我的工作，在我心里，每名学生都是独一无二的，都有无限的潜能，需要老师发掘和雕琢，希望老师的关爱能如春风化雨，默默滋润学生们的心田，如果能对他们的成长起到绵薄之力，我将深感欣慰。"因为她的幸福，会带给学生更多的幸福。她同时也在经营家庭，我欣赏她对女儿的教育故事，欣赏她对家庭的依恋，欣赏她对他人的真诚。每一项幸福都是她苦心经营出来的美丽结果。

幸福来源于希望。希望寄托在事业、自己的家庭包括在自己本身。每一个有信仰的人都会幸福地活着，正如她所说的："至于未来，仍有许多的梦想等着我去奋斗实现。但我深深明白女强人不是我的理想，我希望能在事业、家庭、生活中找到平衡点，优雅从容地享受美好的一切!”

幸福是灵魂的香味，阅读完刘萍的这些作品，我仿佛闻到了她内心的香味……

余　俊

2013 年 3 月

（余俊，广东省作家协会会员，在《青年文摘》等一百多家报刊发表作品近五百篇，著有《守住身边的金矿》、《心如圆月》等多部著作）

# 后　记

经常在做同一个梦，梦中的我不停地在奔跑前进。现实中我亦是如此，本科毕业后，辗转于不同的城市，追逐梦想，后来读MBA，读研期间开了自己的传媒公司，然后又接着读管理学博士，毕业后在大学担任教师工作。我总是把目光投在前方，总相信自己还有无限的潜能。直到有一天，一个声音告诉我，不要一直向前走，有时候也要停下来，欣赏路边的风景。我重新调整了步伐，平衡学业、工作和家庭之间的关系，回顾这些年来的经历，尝试把感悟记录下来，汇成了《守望的幸福》这本诗文集。

我从小就热爱文学，后来由于专业和工作关系，没有走上文学道路，一直很遗憾，也一直很想写一本关于青春的书。而真正促使我提笔写作本书的动机是进入大学当老师后，很多学生经常找我咨询关于人生、事业、爱情、家庭等问题，他们对社会充满好奇，又有很多的迷茫和困惑。在他们身上，我仿佛看到自己当年在大学的影子，那时也非常渴望能有人引领方向，给予一些建议和启发，所以才下决心把自己的成长经历和感悟记录下来，与人分享，希望能给他们一些启示，避免或少走我曾经走过的弯路，对未来更有目标和方向感。

本书主要以进入大学之后的一些成长经历为主线，讲述自己作为青年寻找幸福、体会幸福和分享幸福的心路历程，崇尚人性中的美好特质，如执著、坚强、热情、善良、感恩等，在书中倾心讴歌亲情、友情和爱情，它们赋予我很多正能量，滋养了我的人生。我相信生命就是一种生长，无论是年少时的青涩、青春时的迷茫、求学时的艰难、工作时的磨砺，所有这一切我都视之为成长的过程，就像文中所讲，“毛毛虫经过了痛苦的蝶变”，很珍惜所走过的路。

这本书的完成，对我来说是一次美妙的旅程，可以分享自己对生命的感动和热爱。写作历时一年多，改了几十遍，让我深刻意识到每个行业都非常辛苦，但是能看到自己的成长和进步是很开心的事。写作过程中也得到很多老师和朋友们的无私帮助，非常感恩！在浮躁的社会中，愿这本书能如清新的风，捎去舒爽；又如甘甜的泉水，沁人心脾。

每一天，我都在感受幸福；每一天，我也在守望幸福。谨以此书献给青春岁月，以及一路陪伴我前行的亲人、朋友和爱人，有你们真好！

刘萍<br>2012 年 12 月 28 日<br>于厦门